hanser**blau**

Marlene Fleißig

BESTIMMT SCHÖN IM SOMMER

Roman

hanserblau

1. Auflage 2019

ISBN 978-3-446-26193-8

Dieses Buch wurde vermittelt durch die Literaturagentur
erzähl:perspektive, München (www.erzaehlperspektive.de)
Umschlag: Zero Werbeagentur
Motiv: © FinePic unter Verwendung von
Motiven von Shutterstock.com
Satz im Verlag
Druck und Bindung: Friedrich Pustet, Regensburg
Printed in Germany

FSC
www.fsc.org
MIX
Papier aus verantwortungsvollen Quellen
FSC® C014889

1

Dass mir ausgerechnet der Hund blieb. Alles andere hatte er mitgenommen. Sogar diese Lampe, die uns seine Schwester zu Weihnachten geschenkt hatte und von der er in den drei Jahren, in denen wir zusammenlebten, immer behauptet hatte, er fände sie hässlich. Also die Lampe jetzt. Als er ihr den Schirm abnahm, bedacht darauf, die Falten nicht zu zerdrücken, den goldenen Stiel auseinanderschraubte und ihn mitsamt massivem Fuß fast zärtlich in einen Karton bettete, hätte ich schreien mögen.

Stattdessen sah ich stumm zu, wie er nach der Lampe den restlichen Teil der Wohnung sezierte und unsere Zeit in Kisten und Kartons verpackt davontrug. Ich sah seinen Zeigefinger E für Exit drücken, bevor der Fahrstuhl ihn für immer verschluckte, dann ging ich zurück in die Wohnung. Der Hund lag vor dem Herd wie immer und hatte von alldem nichts mitbekommen. Er war nicht mehr der Jüngste. Außerdem litt er an Verdauungsstörungen und – wie ich vermutete – an einer latenten Bulimie. Doch in diesem Moment beneidete ich ihn wie niemanden sonst auf der Welt. Ich legte mich auf den Fliesenboden neben ihn, alle viere von mir gestreckt. Der Hund hob den Kopf und kotzte ein bisschen auf die Fliesen, dann legte er seine Schnauze zurück auf die Pfoten und schlief ein. Nur noch wir beide also.

Ich war schon immer zu empathisch. Fremde erzählten mir nach Minuten die dunkelsten Geschichten aus ihrem Leben, legten Abgründe vor mir frei, die sie selbst schaudern ließen. Bekannte vertrauten mir Geheimnisse aus ihrer Kindheit an. Freunde sahen jedes meiner Worte als Aufforderung, ihre Seele nackt und bloß in meine Arme zu stoßen, wo sie – doch das wusste nur ich – zitternd zugrunde gehen würde.

Ich rollte mich auf den Bauch und kramte mein Handy aus der Hosentasche. Zwei verpasste Anrufe meiner Mutter. Schon wieder. Außerdem ein Anruf von einer unbekannten Nummer, aber mit gleicher Vorwahl. Sie hatte wohl von den Nachbarn aus angerufen. Geschickt. Ich löschte die Anzeige und wählte Enos Nummer.

Als sie sich meldete, nur mit einem »Ja?«, niemals mit einem »Hallo« oder gar »Hier ist Eno«, erschrak ich wie immer kurz. Ihre Stimme war ein Zug, der einen überfuhr, und es blieb noch nicht einmal Zeit, um die Leichenteile von den Schienen zu kratzen. Eigentlich waren diese Stimme und Enos leichter Zungenschlag der einzige Grund, warum ich sie nicht sofort gehasst hatte. Eno war eins dieser frischen, gesunden Mädchen, die niemals Augenringe hatten oder etwas zwischen den Zähnen, die ein perfektes Model für Joghurt oder Nivea wären und die zauberhaft aussahen, wenn sie Aprikosen kauften. Aber mit dieser Stimme konnte man nicht für Nivea modeln, mit dieser Stimme soff man, schrie und schimpfte, und schweigen tat man nie.

»Scheiße«, sagte sie. »Er is weg, oder?«

»Hm«, sagte ich ins Handy, das ich ein paar Zentimeter von meinem Ohr weghielt.

»Scheiße«, sagte sie wieder und noch ein paar wirklich schlimme Schimpfwörter.

Mein Telefon hatte einen Riss im Display, einen ganz kleinen an der Seite. Ich wusste nicht, wo er herkam, er war wirklich klein. Aber so was konnte schnell zum Problem werden, das ganze Display würde irgendwann einreißen, oder? So war das doch mit Scheiben.

»Und ich glaube, ich werde nie fertig, ich sitz vor den Büchern und weiß nicht, wo weitermachen ...«

Ich war so emphatisch, dass meine eigenen Probleme fremden Seelenmüll anzogen. Eno kippte ihn mir schon seit Jahren vor die Füße. Das gammligste Thema war ihre Doktorarbeit. Ich verdrehte die Augen, was mich gleich traurig machte, weil es niemanden mehr gab, in dessen Richtung ich die Augen verdrehen konnte. Enos Doktorarbeit war ein Jahrhundertprojekt, von dem wir beide insgeheim wussten, dass sie es nie beenden würde. Sie hatte damit angefangen, während sie schwanger war, und jetzt, wo sie ihr zweites Kind bekommen hatte, fand sie, sie könne es eigentlich abschließen. Fast jede Woche brach wieder die Welt zusammen, sie rief an und erzählte mir vom absoluten Super-GAU, Spinat in der Tastatur und unauffindbaren Literaturstellen. Wir fanden beide, sie müsse das Thema wechseln, und so war sie von den Kreuzzügen zur Perspektive der Frau in der Französischen Revolution bis hin zum Eichhörnchen in der Popkultur gelangt – oder etwas in der Art. Manchmal war ich mir nicht einmal sicher, in welchem Fach sie promovierte. Wahrscheinlich würde auch ihr aktuelles Thema, das irgendwie mit Kresse zu tun hatte, nicht lang halten. Eno hatte nie irgendetwas beendet. Wenn ihre Kinder nicht nach neun Monaten aus ihr herausgepurzelt wären, würden sie vermutlich immer noch in ihr reifen.

Ich hätte also wissen müssen, dass es ein Fehler war, sie anzurufen. Aber ich brauchte Eno.

Sie hatte gerade aufgehört zu reden, wahrscheinlich musste sie Luft holen. Der Hund drehte den Kopf in meine Richtung. Gerne würde ich sagen, er blickte in meine Richtung, aber es war nicht so, dass er mich noch erkennen konnte. Dass er nichts mehr sah, fiel ihm wohl auch wieder ein und er trottete in den Flur. Vermutlich Richtung Fressnapf, wo er sich ein paar Minuten vollstopfen und dann auf den Flokati im Schlafzimmer kotzen würde.

Ich sagte zum Telefon: »Und wie geht's dir jetzt damit?«, was wohl so einladend und vertrauenerweckend war, dass Eno weitere zehn Minuten über ihren Dozenten sprach, der ja schon ganz süß sei, allerdings leider schon um die siebzig. Wir verabredeten uns für bald und legten auf.

Ich fühlte mich nicht wirklich besser, aber immerhin war es auch nicht schlimmer geworden. Sogar der Gedanke, jetzt zur Arbeit zu müssen, war erträglich.

Am Krankenhaus schloss ich mein Fahrrad an die Linde, die noch auf der guten Seite stand. Ein paar Schritte weiter überquerte ich die Grenze zum Park des Krankenhauses und wechselte auf die dunkle Seite. Genau in dem Moment, als ich meinen Fuß auf die erste Treppenstufe setzte, ging die Außenbeleuchtung an und überstrahlte die Nacht fahl. Schnell nahm ich die Stufen bis zur gläsernen Tür, die sich mit einem unheilvollen Schmatzen öffnete und mich verschluckte.

Seit Monaten schon kam ich um diese Zeit ins Krankenhaus, aber die Frau am Empfang behandelte mich nach wie vor wie einen Eindringling. Wie einen Serienmörder, der sich ins Gebäude schleichen wollte und sich ausgerechnet ihre Schicht für seinen Amoklauf ausgesucht hatte.

»Wohin?«, schnarrte sie.

Ich zeigte ihr meinen Ausweis, wie in den Monaten zuvor. Heute schien sie einen schlechten Tag zu haben. Natürlich schien sie immer einen schlechten Tag zu haben, aber heute war er wohl wirklich mies. Sie griff zum Hörer und fragte, ob meine Anwesenheit denn rechtens sei, leierte meinen Namen und meine Nummer herunter. Das hatte sie – eben an ihren wirklich miesen Tagen – erst drei oder vier Mal getan, immer mit demselben Ergebnis: Sie ließ mich passieren.

»Heute auf der 4A«, rief sie mir nach. Aber nicht, um mir den Weg zu weisen, sondern um mich spüren zu lassen, dass sie genau wusste, wohin ich ging.

Die 4A mochte mich nicht. Ich hatte nichts gegen die Station, eigentlich war sie ein ruhiger Bereich, wenn man von Tod und Leid absah. Aber die 4A brachte mir kein Glück. Nach einer 4A-Schicht brummte mir der Schädel, meine Augen rieben an den Lidern und an Schlaf war nicht zu denken. Meine Aufgabe hier war es, zuzusehen, dass niemand ausbüxte. Die 4A war daher eigentlich ein Abstieg für mich, angefangen hatte ich auf der Intermediate Care Station. Jeder, der noch halbwegs selbstständig atmete, wurde dorthin verfrachtet. Dort hatte ich nachts Patienten überwacht, die mehr Schlauch als Mensch waren, gestrandete Kraken.

Passiert war eigentlich nie etwas. Nur einmal hörte das Herz eines Mannes auf zu schlagen. Die ganze Nacht hatte er ruhig geatmet, ich hatte im Stuhl neben ihm gedöst, dann war es passiert. Man sagt, im Notfall wisse das Gehirn, was es tun müsse, eine seltsame Klarheit erfülle einen und man entwickle Kräfte und Fähigkeiten, von deren Existenz man nichts wisse. All das war mir nicht geschehen, obwohl gerade ich doch vorbereitet hätte sein müssen. Nichts, nicht ein Satz aus einem der Bücher, die ich für mein Studium gelesen hatte, war mir eingefallen. Keine einzige Erinnerung aus den Kursen war mir gekommen. Ich hatte dagesessen und auf die Bettdecke des Mannes gestarrt. Dann waren ein paar Menschen in das Zimmer gestürmt, ohne dass ich sie hätte holen müssen. Ich erinnere mich noch an die Ohrringe der Schwester, silberne Rosen, an den schiefen Eckzahn des Arztes und daran, dass die Decke des Mannes auf der linken Seite bis auf den Boden hing. Alles andere ist weg.

Danach wurde ich seltener auf der Halb-Intensiv eingeteilt und immer öfter auf der 4A. Vielleicht war das aber auch nur Einbildung.

Das Zimmer 341 war ein Vierbettzimmer, aber heute Nacht waren nur zwei Betten belegt. Als ich die Tür öffnete, flutete das silberne Licht aus dem Gang den Raum. Kurz bevor es die Betten erreichte, verlor es sich und ich konnte nur erahnen, wen ich heute Nacht bewachen sollte.

Im Bett links vor mir sah ich schemenhaft einen Kopf mit verstrubbelter Dauerwelle. Auf der rechten Seite lag jemand, der sich seine Decke bis zum Scheitel gezogen hatte. Ich schob die Tür hinter mir zu und tastete mich an der Wand entlang zu einem der leeren Betten. Ich kletterte auf die Matratze, und meine Hand suchte die Nachttischlampe. Als ich sie anknipste, bewegte sich die Lockige ein bisschen, schlief aber weiter.

Manchmal wurden die Patienten wach, wenn ich bei ihnen saß. Sie fragten, ob ich Ärztin sei. Ich sagte schnell Nein, doch jedes Mal war es wie ein Schlag in den Magen. Die Leute erzählten von ihren OPs und von ihren Kindern. In dieser Reihenfolge. Wenn es keine Kinder gab, dann von den Katzen oder den Nachbarn – ebenfalls in dieser Reihenfolge.

Meistens passierte jedoch gar nichts, und ich konnte lesen. Oft hatte ich Lektüre dabei, die mir Eno empfohlen hatte. Das waren so abgehobene Bücher, dass ich nach ein paar Sätzen den Faden verlor und lieber checkte, ob der Patient noch atmete. Oder es waren seichte Heftchen aus den hinteren Reihen ihres Bücherregals, die vorhersehbarer waren als die Ampelphasen. Okay, ich geb's zu: Die Klatschheftchen kamen aus den hinteren Reihen meines Bücherregals. Den Stoff holte ich mir in der Buchhandlung am Bahnhof. Da waren die Neuerscheinungen übersichtlich aufgebahrt. Wenn ich das Buch gelesen hatte – und ich las jedes bis zum Ende –, beerdigte ich es unter einer Parkbank, auf einem Tisch in der Cafeteria oder »vergaß« es auf dem Nachtkästchen eines Patienten.

Einmal hatte mich eine Angehörige aufgeweckt, als ich gerade mit *Liebeskummer für Anfänger* auf den Knien eingeschlafen war. Ihr strafender Deutschlehrerinnenblick hatte erst mich, dann den Buchdeckel durchbohrt, als sie sich geräuspert und über mich gebeugt genäselt hatte: »Dafür werden Sie aber nicht bezahlt.« Tatsächlich wusste ich nicht genau, wofür ich bezahlt wurde. Zusehen, dass niemand abkratzte, konnten Maschinen tausend Mal besser als ich. Bei meinem Stundenlohn hielt sich das schlechte Gewissen allerdings in Grenzen.

Heute hatte ich meine neueste Bahnhofsbuchhandlungs-Errungenschaft dabei, *Paradiesküsse*. Ein Mann und eine Frau stranden darin auf einer Insel und entdecken ihre Liebe in einer Garten-Eden-Kulisse. Ich wünschte mir, dass auf Seite 100 zumindest enthüllt würde, die beiden seien Geschwister. Nach ein paar Kapiteln, in denen Adam sich als gestresster Investmentbanker erwies, dem eine Auszeit auf einer Insel nur guttat, blickte ich zu den

Schlafenden. Ich stellte mir unter der Decke das friedliche Gesicht einer zierlichen alten Dame vor, die nachmittags mit ihrem zierlichen alten Hund nach draußen ging oder mit ihren Enkeln in einem zierlichen alten Café Torte aß. Die Frau drehte sich auf die Seite und ihr Gesicht lag nun zu mir gewandt. Im Schein der Lampe konnte ich verwischte Züge erahnen. Zum Glück hatte sie sich gerade bewegt, sonst wäre ich mir sicher gewesen, es mit einer Leiche zu tun zu haben.

»Lebt hier noch jemand?«, sagte das Wachsgesicht mit Bassstimme.

Ich fuhr herum. Es war nur Lars, der seinen Kopf durch die Tür steckte und grinste.

»Hast dich erschreckt?«

Ich zuckte die Achseln. Lars war einer dieser Typen, die einen immer ein paar Sekunden zu lange ansehen. Das passierte mir oft mit Männern. Sie mochten mich. Ich war nicht so hässlich, dass sie sich vor ihren Freunden für mich schämen müssten, aber auch nicht hübsch genug, dass sie um mich kämpfen wollten. Bei Frauen war es ähnlich. Sie brauchten mich, damit ich Leinwand für ihre Vorzüge war.

»Du siehst müde aus.«

Lars lehnte sich in den Türrahmen und fing an, mich zu lange anzusehen. Er war hier für seinen Mitternachtsflirt, der allein aus Langeweile resultierte. Oder Schlafmangel. Manchmal war mir so fad, dass ich darauf einstieg, selbst als ich noch glücklich vergeben gewesen war – also gefühlt vor hundert Wintern –, aber heute war mir nicht danach zumute.

»Schon«, sagte ich und richtete meinen Blick wieder auf die Buchseiten.

»Bist du schlecht drauf?«, fragte Lars.

Die Frau im Bett neben mir drehte sich wieder auf die andere Seite.

»Du weckst sie«, flüsterte ich, ohne aufzusehen.

Lars blieb noch einen Moment unbewegt im Türrahmen stehen. Dann sagte er leise: »Na gut, nächstes Mal wieder? Hast doch die Woche Schicht, oder?«

Ich nickte, ohne aufzusehen.

»Super, ich auch!«, sagte er, wieder zu laut, und die Dauerwelle schreckte hoch.

»Was ist los?«, krächzte sie. Ihre Stimme und ihre Augen zeugten noch vom Schlaf.

»Alles gut, Frau Herbert, keine Sorge!«, sagte Lars.

Wenn der wüsste.

2

Drei verpasste Anrufe und eine SMS:

Maria. Son 5 anos, esperamosche.

Ich drückte auf *Löschen* und verfluchte die Person, die meiner Mutter das SMS-Schreiben beigebracht hatte. Sie erwarteten mich also. Wer »sie«? Mein Vater gehörte wohl kaum dazu.

Im Dezember würden es fünf Jahre sein.

3

Schwangere Frauen machen mir Angst. In ihrer Gegenwart werden meine Hände doppelt so groß, ungelenk und unkontrollierbar. Die Arme hängen als nutzlose Prügel an mir herunter und pendeln mal hierhin, mal dorthin. Um den aufgeblähten Schwangerenbauch ist ein Bannkreis, der mich abstößt.

Im Schwimmbad, wo die Bauchballons einen ungerechten Vorteil bringen - vielen Dank, Auftrieb -, suche ich die Bahn, die am weitesten entfernt ist von den Mutterschiffen. Auch meine Beine könnten beim Schwimmen außer Kontrolle geraten, zucken, mit der Ferse die harte Bauchdecke erwischen.

Den Bauch in der Dusche einschäumen, Seifenwasser am herausstehenden Bauchnabel, Schaumströme über den Bauch zwischen den Beinen verschwindend. Tattoos, vielleicht an der Hüfte, vorschwangerschaftliche Brandmarken.

Bäuche auf dem Fahrrad neben mir, Schweißausbrüche, denn wer weiß, vielleicht ein Kieselstein, eine Unebenheit der Straße, ein unbedachter Schlenker. Dann keilt sich Lenker in Lenker, Bauch trifft Asphalt.

Weil schwangere Frauen lächeln und sympathisch watscheln und in der H&M-Dickenabteilung einkaufen können, wo es immer die tollsten Schnitte und Farben gibt, kommt man nicht auf die Idee, dass auch schwangere Frauen Angst vor schwangeren Frauen haben. Nicht vor dem Wesen, das da in ihnen wächst und sie aussaugt und später vielleicht einmal Anwalt werden will oder

Grundschullehrer. Sondern vor dem Raum, den sie selbst plötzlich einnehmen. Vor dem eigenen Körper. Glaube ich.

Als Eno das zweite Mal schwanger war, kam mir dieser Gedanke häufiger. Sie kugelte oft bei mir vorbei, öfter als sonst. Wir kannten uns damals erst kurz. Außerdem wusste ich, dass sie meine Wohnung eigentlich nicht mochte, zu wenig Platz zum Denken. Ideen stießen hier an Wände und wurden unsanft zurückgeworfen, trafen mich am Kopf, da hatte sie schon recht. Wahrscheinlich mochte Eno das Zimmerchen umso weniger, als sie hier, in der denkbehinderten Zone, mit ihrem Bauch unter der meergrünen Tunika noch gigantischer wirkte, ein Berg, den es zu erklimmen galt.

Ich kochte Tee, Kräuter. Immer Kräuter.

»Was Gesundes«, sagte ich jedes Mal, wenn ich ihr die angelaufene Alf-Tasse in die Hand drückte. Eno schnaubte.

Wir redeten nicht viel in dieser Zeit, und ehrlich gesagt bedrückte mich das. Es war kein angenehmes Jeder-hängt-seinen-Gedanken-nach-Schweigen. Also Eno hing schon ihren Gedanken nach, nur unterbrochen von ständigem Handyklingeln, das sie ignorierte. Ich nur dem einen: Was war los mit ihr?

Ich kannte Eno erst seit ein paar Monaten. Von ihrem Sohn hatte ich nur in einem Nebensatz erfahren und war zu perplex gewesen, nachzufragen. Kind Nummer zwei war mir daher ein komplettes Rätsel. So starrte ich auf ihren auf- und abgehenden Bauchberg und fragte mich, wie der kleine Vampir da hineingekommen war. Ich war geneigt, zur Storchtheorie zurückzukehren, anders konnte es nicht gewesen sein. Wann, zwischen Reisepläne schmieden, Doktorarbeit schreiben, feiern gehen, Wolken gucken und der ganzen Zeit, die sie mit mir in Studentenstarre verbracht hatte, hatte sie ein Kind gezeugt?

Außerdem war ich beleidigt, dass sie meinen Kräutertee trank und den einzigen bequemen Sitzplatz in meiner Bude besetzte, ohne mir erzählt zu haben, dass sie mit jemandem ausging. Wobei »ausgehen« ein zu angestaubtes Wort war, der Typ hatte sie schließlich geschwängert. Der Bauchballon, die Teetasse, die sie umklammert hielt, und die Stille hielten mich davon ab, nach ihm zu fragen.

Schließlich ging Eno auch abends nicht mehr nach Hause.

»Schon so spät«, gähnte sie und sah auf ihre unsichtbare Armbanduhr.

Ich nickte.

Zu zweit war es sehr eng in meinem Bett, oder quasi zu dritt. Ich schlief fast gar nicht, weil ich Angst hatte, mich zu bewegen. Der Ballon war zu nahe und konnte jederzeit unter meinen Fingern bersten. Eno schnarchte.

Ich machte Frühstück, was Gesundes und Senftoast. Eno verzog das Gesicht. Sie wollte nichts Gesundes.

Eno blieb. Die schicken H&M-Tuniken tauschte sie bald gegen meinen Bademantel. Und immer wieder Kräutertee und Toast. Es war, wie eine Kranke zu pflegen. Nur, dass Eno immer mehr Platz brauchte. Bald würde das Bett zu eng werden. Ich fragte sie nichts und als Dank für meinen Senftoast und meine Stille warf sie mir nach und nach die Brösel ihrer Geschichte hin. Sie war keine gute Geschichtenerzählerin, die Pointe, die ein gerissenes Kondom beinhaltete, kam zuerst und wirkte unmotiviert. Die Protagonisten waren schablonenhaft, eine klassische Pärchenkonstellation. Und das Ende, ja, das fehlte.

Ich warf die leere Toastverpackung in den Müll und ging zum ersten Mal seit Tagen hinaus. Erst auf der Straße, über der die Krähen kreisten, merkte ich, dass ich mich mit Eno eingesperrt hatte. Wir hatten uns verpuppt, aber Raupe blieb Raupe.

In dieser Nacht, als Eno schlief, nahm ich ihr Handy und lüftete das Geheimnis um den Vater ihres Kindes.

David stand am nächsten Tag vor meiner Tür, um Eno abzuholen. Sie zu retten, sagten sein grimmiger Blick und der mahlende Kiefer.

Ich sah uns durch seine Augen, ein trauriges Duo, ausgewaschene Jogginghosen, Haarnester, Senf an den Mundwinkeln, und zog meinen Bademantel enger um mich. Er war ganz freundlich zu mir und bedankte sich, dass ich ihn angerufen hatte. Ich nickte. Eno sah ihn ungläubig an, er nahm den Raum ganz für sich in Anspruch, es war klar, dass er kein Nein akzeptieren würde. Unsicher schielte ich zu ihr, wartete auf das Donnerwetter. Aber sie lächelte mich an und dann ging sie mit ihm. Der schöne blonde Mann im Parka und die Doppelversion von Eno im »Keine Macht den Drogen«-Shirt. Ich blieb zurück, immer noch im Kokon.

4

Die bunten Scheinwerfer strahlten den Disconebel an. Aus dem Nebel schwebten Schattengestalten in Zeitlupe auf mich zu und wurden zu Fleischbergen mit Bart. Oder zu kleinen piksigen Frauen mit Nietenblusen und Strassketten, die alle nach Bruno Banani stanken. Die Männer, die manchmal an ihren Hüften, manchmal an ihren Lippen hingen, waren mit Jean Paul Gaultier eingedieselt.

»Früher war's hier besser!«, schrie Eno mir ins Ohr. Dann noch etwas und ich nickte heftig, obwohl ich kein Wort verstanden hatte. Der Bass wummerte so laut, dass ich das Gefühl hatte, die Schallwellen würden mich auf die Tanzfläche schieben. Aber ich blieb doch immer nur hier, am Rand, und sah den Verrenkungen meiner Artgenossen zu. Eno trug einen weißen Einteiler, daraus schloss ich, dass Einteiler bald in sein würden. Eno wusste immer lange vorher, was Trend war. Sie machte den Trend. Zum Beispiel war sie die erste Person, die damals ihre Hose in die Stiefel steckte. Jetzt machten das alle, außer Eno.

Der seidige Stoff des Anzugs flatterte um ihre dünnen Arme, als sie sich zu mir beugte und mich zwang, noch einen Schluck von ihrem Caipirinha zu nehmen. Sie lachte, als ich mich verschluckte und ein Spucke-Caipi-Fluss mein Kinn hinabrann. Ich wischte ihn mit dem Handrücken weg und lächelte sie an.

Ihre Schuhe und ihr Kajal sagten *Fick mich*. Die strenge Flechtfrisur löste sich langsam auf und einzelne Strähnen erdbeerblonden Haars versuchten, den Haarnadeln zu entkommen. Schon mehrere Typen hatten heute Abend probiert, Eno Cocktails zu kaufen, aber für keinen hatte sie sich erwärmt. Sie wich die ganze Zeit nicht von meiner Seite. Ist eben eine gute Freundin, dachte ich und strahlte sie an.

Ich sah mich um und kam mir alt vor zwischen den kaum volljährigen Mädchen mit ihren Sommerkleidchen. Obwohl unterschiedliche Farben vertreten waren, sahen doch alle gleich aus. Wahrscheinlich sah ich auch so aus. Neben der Flatterkleidgeneration, die die Tanzfläche verstopfte, und ein paar Grüppchen im Alter von Eno und mir gab es wie immer auch die Peinlichen, etwas zu Alten, die mit etwas zu engen Hosen und etwas zu glasigem Blick am Rand standen. Sie bewegten sich nur, wenn ein desorientiertes Mädchen aus Versehen in ihre Richtung torkelte, dann schnappte die Falle zu. Wie lange es wohl dauern würde, bis ich entweder einer der stierenden Menschen am Rand oder - das war aber keine Alters-, sondern eine Stimmungsfrage - eins der torkelnden Mädchen werden würde?

Eno stieß mir in die Seite, ihr Blick war irgendwo hinter meinem rechten Ohr verschwunden.

»Trink aus!«

Ich schüttelte den Kopf und spuckte den Strohhalm aus.

»Los jetzt!«

Ich zuckte mit den Schultern und trank auch noch den letzten Rest. Die Hälfte ging in meine Luftröhre, und ich begann zu husten. Eno schlug mir unwirsch auf den Rücken und ich drehte mich zur Seite. Meine Augen tränten, mein Gesicht war halb Cocktail, halb Tränen. Und doch sah ich ganz deutlich hinten an der Säule einen braunen Haarschopf. Der Rum, der gerade noch so schön meinen Magen gewärmt hatte, wurde zu Lava. Ein erneuter Hustenanfall schüttelte mich, und als ich endlich den letzten Rest Flüssigkeit hochgewürgt hatte, war es zu spät.

Ich schubste Eno weg und suchte die Gegend um die Säule ab. Eine Gruppe Flatterkleidchen, ein knutschendes Paar, aber keine braunen Locken.

»Was ist los?«

Enos besorgtes Gesicht erschien vor mir.

»Nichts, nichts. Ich dachte nur, ich hätte jemanden …«

»Hast du ihn nicht schon vor 'ner halben Stunde gesehen?«

Ihn?

»Wen?«

»Wen? Na, Luis!«

Ach, Luis.

»Komm«, rief Eno und packte mich am Arm.

Ich ließ mich von ihr wegziehen, durch die Masse, schwitzende Körper klebten für Sekunden an mir, Eno presste uns durch die Menge wie durch einen Fleischwolf. Am Ende blieb nur noch Gehacktes von uns übrig. Irgendwie schafften wir es an die Bar. In Sekundenschnelle hatte sie mir ein Bier in die Hand gedrückt.

»Zahl mal, ich brauch das Geld noch fürs Taxi«, sagte sie, und ich kramte in meiner Jeans nach Münzen.

Ich drehte mich um, schaute, ob ich die Säule erspähen konnte, aber da war der Disconebel und da war die Menge auf der Tanzfläche. Eno sah mich interessiert an. Ohne den Blick von mir zu nehmen, schob sie sich eine Zigarette zwischen die Lippen und zündete sie an. Sie nahm einen Zug.

»Hier drin darfst du nicht rauchen!« Der Barmann drohte mit dem Zeigefinger.

Eno warf die Zigarette zu Boden und zertrat sie mit ihrem Keilabsatz. Erneut packte mich ihre armreifklirrende Hand. Während wir durch die Menge wateten, trank ich mein Bier aus. Schluck für Schluck versuchte ich damit, das Brodeln in meinem Magen zu betäuben. Aber Bier auf Lava war wie Öl auf Feuer.

Eno stieß die Klotür auf und zog mich in eine der Kabinen. Die Toilette war, wie es sich für ein Discoklo gehörte, mit Papier vollgestopft und stank übel. Eno verschloss die Tür und zündete sich die nächste Zigarette an. Ich stellte mein leeres Bier auf den Spülkasten und lehnte mich an die Trennwand.

Keine von uns beiden sagte etwas, aber auch mit gesenktem Kopf spürte ich, dass Eno mich ansah.

»Und?«, fragte sie irgendwann. Ausnahmsweise klang ihre Stimme so neutral wie die Fliesen an den Wänden.

»Irgendwie komisch«, sagte ich.

»Ja, schon. Aber du wolltest es doch so, oder?«

Wir sprachen wohl immer noch von Luis.

Letztendlich war ich diejenige gewesen, die das zwischen uns beendet hatte, aber von Wollen konnte nicht die Rede sein. Das wusste Eno auch, darum ärgerte ich mich über ihren Kommentar. Ich löste mich von der Wand und griff nach der Türklinke.

»Jetzt bleib doch.«

Eno schob sich mir in den Weg. Also blieb ich. Aber ich hatte das Gefühl, ihr mehr Gesellschaft zu leisten, als dass mich ihre Anwesenheit tröstete. In meinem Kopf liefen tausend Gedanken gleichzeitig ab, helle Gedanken, dunkle Gedanken. Heraus kam grauer Brei, der mir die Sicht verklebte. Jemand drückte die Klinke nach unten. Eno zündete sich noch eine an. Jemand rüttelte an der Tür.

»Wie läufts im Krankenhaus?«, fragte Eno.

»Nicht dein Ernst, oder?«

Eno hatte mich seit Monaten nicht mehr nach meiner Arbeit gefragt. Wir hatten Wichtigeres zu besprechen. Ich klappte den Klodeckel runter und setzte mich.

»Wie läuft die Doktorarbeit?«

Sie ignorierte die Spitze. Genauso wie das erneute Rütteln am Türgriff.

»Sei nicht sauer«, sagte ich nach einer Weile.

Eno trat die zweite Zigarette aus und zuckte mit den Schultern. Sie richtete sich das Haar, aber die Strähnen, die sie in die Haarklammern schob, rutschten immer wieder heraus.

»Meine Mutter hat wieder angerufen«, sagte ich.

Irgendetwas musste ich ihr geben, den kleinen Konversationsfinger. Ihre Hände hielten für einen Moment inne. Ich wartete, bis sie den Nachhall der Worte nicht mehr ertragen konnte. Ruhig fuhr sie fort.

»Sie will, dass du nach Hause kommst?«

Ich nickte.

»Sie will, dass du heimkommst?«

Eno drehte sich zu mir. Das Nicken hatte sie nicht gesehen.

»Ja.«

»Wie lange ist es jetzt her, seit du weggegangen bist?«

Ungeniert bastelte sie weiter an ihrer Frisur herum. Die Hände so erhoben, sah sie aus, als würde jemand mit einer Waffe auf sie zielen.

»Im Herbst fünf Jahre«, sagte ich.

»Ich muss pinkeln«, kam es von draußen.

»Hau ab, wir versuchen uns hier zu unterhalten«, schrie Eno, und ich lachte bei der Vorstellung, wie Enos Alkistimme das Mädchen auf der andern Türseite erschrecken musste.

Kurze Stille, dann trommelte das Mädchen mit wütenden Fäusten an die Tür.

»Und, fährst du?«

Ich schüttelte den Kopf.

»Vielleicht.«

»Vielleicht solltest du wirklich fahren.«

Eno hatte sich schon wieder von mir abgewandt, suchte irgendwas in ihrer Tasche, wahrscheinlich noch mehr Zigaretten. Aber ich hatte sie gehört. So einen Ratschlag gab sie nicht einfach so.

»Macht jetzt die Tür auf!«, kreischte das Mädchen und trat noch einmal mit voller Wucht gegen das Holz.

»Schon gut, schon gut«, knurrte Eno und ließ das rotgesichtige Mädchen herein, das mich grob vom Klo wegschob und sich die Hose herunterzog, noch bevor wir den Raum verlassen hatten.

5

Dass ich Adela überall sah, hatte erst vor Kurzem angefangen. Überrascht hatte es mich nicht, irgendwann musste sie mich einholen. Wie hatte sie mich gefunden? Hatte sie mich gewittert, wie ein Hund?

Ich trug ihre Kleidung.

Ich trug ihren Duft.

Ich trug ihr Leben,

trug es auf.

Darum folgte sie mir. Sie atmete in meinen Nacken, wenn ich Bus fuhr. Stand in der Schlange beim Bäcker, wenn ich kaufte, was sie auch essen würde. Sie folgte mir zur Arbeit. Ich hatte Angst vor ihr. Kein Wunder. Ich war eine Diebin und musste vor ihr fliehen.

Eno durfte nicht wissen, dass ich eine Diebin war. Eine erbärmliche Diebin, die stahl, was sie eigentlich nicht wollte. Die Beute nur Ballast. Nein, Eno sollte nur mir alleine bleiben.

6

Ich hatte versucht, dem Hund einen Namen zu geben, aber mir fielen nur Katzennamen ein. Darum hieß er weiterhin »Hund«. Nachdem Eno und ich – den gesamten Weg schweigend – mit dem Taxi in unser Viertel gefahren waren (Eno war zuerst ausgestiegen, ohne Gute Nacht zu sagen), hatte ich mich aufs Bett geworfen und war kurz erschrocken, als ich auf etwas Haarigem landete. Aber der Hund hatte mich nicht einmal bemerkt. Ich überprüfte seine Vitalzeichen und schlief ein.

Vor meinen Augen hing die dunkle Zimmerdecke. Seit Stunden schon wechselte sie sich nur mit dem aufflackernden Gesicht von Luis ab, der doch ganz und gar nicht an der Zimmerdecke sein sollte, sondern hier, neben mir. Oder?

Ein Blick auf die Uhr verriet mir, dass ich den ganzen Vormittag verschlafen hatte, es war fast drei. Gut, gut. Es war nicht so, dass ich etwas vorgehabt hätte.

Mir blieben noch vier Stunden Zeit, bis ich zur Arbeit musste. Was tun? Ich beschloss, aufzuräumen. Nach kurzer Bestandsaufnahme stellte ich fest, dass ein Großteil der Sachen in der Wohnung – jetzt nur noch meiner Wohnung – Luis gehört haben musste. Die Leere sprang mir aus jedem Winkel entgegen. Die Kaffeemaschine war Gott sei Dank meine, doof nur, dass er den Kaffee mitgenommen hatte. Der Schrank hingegen war weiterhin voll bis oben hin. Als ich prüfend die Tür aufzog, purzelten mir Schals und Adelas geliebter roter Wollpulli entgegen. Hier also alles beim Alten.

Schmerzhaft war dafür der Blick ins Bücherregal. Demonstrativ, so schien es mir zumindest, hatte Luis einzelne Werke herausgezogen und nun klafften die Lücken seiner Abwesenheit auch hier. Im obersten Fach standen nur meine Medizinbücher. Eine besonders große Lücke war zwischen meinem Physiobuch und einem Ordner mit Seminaraufzeichnungen entstanden. Dort hatte zuvor eine Reihe Detektivromane gestanden, die Luis heiß und innig liebte. Ich habe nie verstanden, wie ein halbwegs intelligenter Mensch sich für Detektivromane begeistern kann. Luis musste immer alle Rätsel lösen, bis in die kleinste, verstopfteste Pore der Sache vordringen und alles Mysteriöse, Magische abtöten.

In den anderen Fächern standen Kochbücher, die ich nie benutzt hatte, zwei, drei Kladden (leer), die Schnulzenromanreihe *Dr. Norden* und ... ein Reiseführer für Ägypten, ernsthaft? Da wollte ich niemals hin. Musste er vergessen haben. Vielleicht sollte ich ihn anrufen und fragen, ob er ihn wiederhaben wolle. Könnte doch nett sein? So ein Gespräch über fremde Kulturen und das Reisen. Aber nein, vielleicht überlegte er sich am Ende, dorthin zu fahren. Pärchenurlaub, Schnorcheln, Pyramiden, ein arabischer Sommer. Ich schmiss den Reiseführer in den Papierkorb.

In einer Frauenzeitschrift hatte ich gelesen, dass die Musiksammlung den Charakter des Partners widerspiegelt und man darum beim ersten Date unbedingt zuerst die Plattensammlung auseinandernehmen sollte. Es muss wohl eine alte Zeitschrift gewesen sein. Da CDs und Platten passé waren und ich mich generell nie für Musik begeistert hatte, war mein Bücherregal wahrscheinlich das Pendant zur Musiksammlung. Würde ein Date in diesem Raum stehen und als Erstes auf das Bücherregal zugehen, ich wäre geliefert. »Du studierst Medizin!«, würde er sagen – wobei, das hätten wir bestimmt schon geklärt, bevor ich ihn mit raufnähme. Ich würde sagen: »Nein«, ohne Erklärung, sodass er, peinlich berührt, zum nächsten, unverfänglicheren Thema übergehen würde: »Du kochst also gerne?« Darauf würde ich betreten den Kopf schütteln oder lügen und sagen: »Ach, wenn ich nur die Zeit hätte!«, und versuchen, nicht allzu schuldbewusst auszusehen. Er würde sagen: »Ah, du interessierst dich also für Ägypten?«

Ich bestellte im Internet Bücher für 168,95. Viele davon waren Reclams, die füllten das Regal zwar nicht, aber immerhin würde ich klug wirken. Ich beschloss, die Bücher, sobald sie kamen, sofort zu lesen. Oder sie an willkürlichen Stellen mit gelbem Marker zu bearbeiten und zu knicken, sodass sie gelesen aussähen. Vielleicht könnte ich manchmal an den Rand noch epische Aussagen wie »Konflikt Mensch-Natur« schreiben. Die andere Hälfte der Bücher waren die ersten paar Plätze der *Spiegel*-Bestsellerliste, die ich nach den Covermotiven ausgesucht hatte, wenn man im Internet schon nicht nach Buchrücken aussuchen konnte. Eine Marktlücke? Vielleicht könnte man da eine App erfinden.

Wieder auf dem Bett liegend, spielte ich kurz mit dem Gedanken, Eno anzurufen, aber ich hatte keine Lust auf ihre altklugen Kommentare. Sie sollte lieber selber mal wieder ihre Mutter anrufen. Wobei, die beiden verstanden sich blendend. Sie hatten dieselbe Hosengröße und tauschten ständig Klamotten. Einmal hätten sie fast den Freund getauscht, doch das war Eno dann zu schräg. Mutter und Tochter schossen ihre Partner am selben Tag ab und gingen zusammen shoppen.

Ich stand wieder auf und schaute, ob der Hund ins Bad gekotzt hatte. Ausnahmsweise war alles sauber. Aus der Kaffeedose ließen sich noch letzte Klumpen kratzen.

Am Anfang hatte ich in den Bars und Cafés immer noch versucht, *cortado* zu bestellen, doch das konnten die hier nicht. Und selber kriegte ich ihn auch nicht richtig hin. Obwohl ich das teure Pulver kaufte, das war sogar aus Spanien und lief hier unter Espresso. Ich drückte das Pulver auch immer mit einem Teelöffel fest – nicht zu fest – in das Sieb der *cafetera*. Die Milch, mindestens 3,5 %, schäumte ich bis zur Sehnenscheidenentzündung und arrangierte die Schaumwölkchen in einer blauweißen Porzellantasse, wie meine Mutter. Trotzdem schmeckte das Gemisch, wie es aussah, trüb. Nur wach machte es.

Wohin mit der Wachheit? Unter dem Bett fand ich ein Glätteisen. Das lag wohl seit dem Einzug ungenutzt hier. Ich grillte zuerst meinen Pony. Danach die oberste Haarschicht. Der Spiegel warf eine zornige Version meines Gesichts zurück. So kannte ich mich gar nicht. Frustriert, ja. Traurig auch, müde, mit Kopfwehgesicht und Zahnschmerzen, oder verheult. Aber diese fiese Falte über der Nase war neu. Meine Augen kamen mir heute fast schwarz vor.

Vielleicht hatte ich noch nie in einen Spiegel gesehen, wenn ich zornig war. Wobei ich, objektiv gesehen oder, wenn ich einen dieser Psycho-Fragebogen ausfüllen würde, jetzt in diesem Moment bei »Wie fühlen Sie sich?« nicht *A) zornig* oder *B) wütend* ausgewählt hätte. Eher *C) müde* oder *D) weiß nicht.*

Nachdem meine rechte Kopfhälfte plattgeglättet war, fiel mir ein, dass mein Job darin bestand, Schlafende im Dunkeln zu bewachen, und dafür eine schöne Frisur zu haben kam mir plötzlich albern vor. Ich steckte das Glätteisen wieder aus und wartete, dass es abkühlte.

Auf dem Display meines Telefons leuchtete eine fremde Nummer auf. Schon wieder meine Mutter? Nein, die Vorwahl war von hier.

Ich bellte: »Ja?«

»Maria?«

Wen hatte er denn sonst erwartet?

»Ja?«

»Maria, ich bins, Lars.«

Die Luft entwich zu laut meiner Nase.

»Woher hast du meine Nummer?«

Er lachte.

»So freundlich heute? Die Nummer hat mir die Verwaltung gegeben. Es ist wegen heute Abend.«

Ich linste zum Wecker. Verschlafen hatte ich zumindest nicht, es blieb noch eine Stunde bis Schichtbeginn.

»Was ist mit heute Abend?«, fragte ich.

»Ich wollte es dir lieber selber sagen, weil du in letzter Zeit nicht so toll drauf warst. Und dann hat mir der Fritz das gerade erzählt und darum wollt ich dich anrufen.«

Ich hasste es, wenn Leute endlos rumeierten, bevor sie einem eine schlechte Nachricht überbrachten. Kurz und schmerzlos, so heißt es doch? Und selbst kurz und schmerzhaft wäre mir lieber als dieses gestotterte Mitleid. Wie Pflaster abreißen, schon als Kind hatte ich es gehasst, wenn meine Mutter ganz langsam die Klebeseite abzog. Ich hatte geschrien und geweint, das Abziehen war schlimmer als die Wunde an sich und irgendwann fing ich an, mir die Pflaster in Sekundenschnelle selbst herunterzureißen oder nachts an den Rändern herumzukauen, um den Klebstoff aufzuweichen.

»Was ist denn?«, fragte ich Lars.

Im Stummen verfluchte ich die Verwaltung – hatten die noch nie von Datenschutz gehört?

»Na ja, du hast das doch bestimmt gelesen, in letzter Zeit. Die Hygieneprobleme und so weiter.«

Gar nichts hatte ich gelesen, aber ich sagte: »Ja, und?«

»Na ja …« Er wollte weiter herumdrucksen. Ich schwieg eisern, er hob wieder an: »Also, das wirft einige Rechtsfragen auf und du weißt ja sowieso, dass das mit der Aufsicht eine Kulanzfrage gegenüber den Studenten ist.«

Wusste ich nicht.

»Hm«, sagte ich.

»Jedenfalls sind die Kontrollen jetzt so streng, du, da müssen die einfach in jeder Schicht 'ne Schwester sitzen haben. Die stöhnen auch schon, ist ja 'ne zusätzliche Last, die wissen gar nicht, wie sie das bewältigen sollen.«

»Ich hab also keinen Job mehr«, resümierte ich, aber ich konnte nicht verhindern, dass meine Stimme zum Satzende nach oben rutschte. Jetzt klang es nach einer Frage, als würde ich um meinen Job betteln.

Lars lachte nervös. Er sagte nicht »Es ist nur vorübergehend« oder »Zeitweise« und schon gar nicht »Ach, da kann man noch was drehen«, er lachte nur.

»Danke, dass du angerufen hast.«

Ich wollte auflegen, aber er sagte schnell: »Ist doch jetzt nicht so schlimm, du hast noch diesen anderen Job, oder? Hast du nicht in den Semesterferien immer gegärtnert?«

Ich sagte nichts.

»Wäre schön, wenn wir uns trotzdem noch mal sehen würden«, meinte er.

»Ja«, sagte ich gedehnt.

»Ich meins ernst, meld dich gerne. Vielleicht hast du mal Zeit für ein Bier. Meine Nummer hast du ja jetzt.«

Wir verabschiedeten uns, und ich legte auf. Ich steckte das Glätteisen wieder ein und begann die andere Seite meiner Haare zu glätten. Wofür, wusste ich beim besten Willen nicht.

7

Ich musste sie schon auf Knien anbetteln, damit Eno mir verzieh. Das war immer so gewesen. Egal, wer angefangen hatte. Ich will gar nicht sagen, dass das immer sie war. Aber meine Schuld war es eben auch nicht jedes Mal. Doch sie war stärker als ich. Oder kälter. Sie reagierte erst nicht auf meine scheinbar belanglosen SMS. Und sie hob nicht ab, wenn ich sie anrief. Man musste sie schon persönlich aufsuchen. Die Chancen standen dann sehr gut, dass sie nicht zu Hause war. Mit Eno musste man geduldig sein, das lohnte sich dann auch. Außerdem war ich quasi arbeitslos und hatte Zeit, geduldig zu sein. Mir widerstrebte es, meinen Gärtnerjob in einer großen Unternehmensberatung wieder aufzunehmen. Mir widerstrebte jede Art von Arbeit.

Also legte ich mich vor Enos Haus auf die Lauer – geklingelt hatte ich zuvor schon minutenlang, denn vielleicht wollte sie mich warten lassen und lachte sich ins Fäustchen, während sie durch den Türspion lugte. Eno wohnte nur ein paar Straßen weiter, aber die Gegend hier war ganz anders als meine verschlafenen Häuserblocks, vollgestopft mit jungen Familien. In Enos Straße gab es ein Café mit syrischen Spezialitäten und portugiesischem Kaffee. Gleich daneben ein aus der Zeit gefallenes Häuschen, eine Heißmangelstube, aus der nach Stärke duftender Dampf drang. Ein Mann ging gerade hinein, einen Wäschekorb in der Hand. Wenn man Männer kennenlernen wollte, war das bestimmt der richtige Ort – einsame Singles tummelten sich dort, die dankbar gewesen wären, eine Frau zu finden, die ihre Hemden bügelte. Leider wusste ich nicht, wie man Hemden bügelte.

Direkt vor dem Backsteinklotz, in dem Eno lebte, gab es einen Spielplatz. Aber er war nicht spießig und gepflegt wie die Spielplätze in meinem Viertel. Auf der Rutsche prangte ein Graffiti-Mandala in Pastellfarben, und der Zaun um den Sandkasten war mit Schilfmatten verkleidet. Die hatten allerdings schon bessere Zeiten erlebt, und auch die Schaukel erinnerte mit ihrem holzgeschnitzten Gestell inzwischen eher an gekreuzte Totempfähle. Kinder spielten hier kaum, und wenn doch, dann nur als Ausrede für ihre Eltern, sich auf einer der bunt lackierten Bänke niederzulassen und eine Sojacrackerpause zu machen. Eno kam hierher, wenn sie sich vor ihrem neuen Freund - es gab immer einen neuen Freund - als verantwortungsbewusste Mutter präsentieren wollte. Das war längst nicht bei allen Freunden nötig. Timo zum Beispiel, den sie vor ein paar Wochen beim Töpfern kennengelernt hatte, schien nicht besonders kinderlieb zu sein. Als er von ihrem Familienstand erfuhr, sagte er »Ah« und wandte sich wieder dem Glasieren eines Krugs zu. Manchmal saß Eno auch mit dem Vater ihrer Kinder hier, mit David. Ich mochte David, er roch nach Sandelholz und hatte immer ein Taschentuch dabei. Das Taschentuch roch auch nach Sandelholz. Auch Eno mochte David, aber eben auch Timo.

Heute war nur ein einziges Kind auf dem Spielplatz, ohne Eltern. Der Junge saß auf der Schaukel und erfand Lieder über Dinos. Ich sah eine Weile zu, wie er unmotiviert summte - gerade ging es um Dinos in Kinos. An der spannendsten Stelle, wo nämlich Tino ins Kino kam, gingen ihm die Ideen aus und er begann von vorn. Jetzt hob er den Kopf, er hatte mich wohl entdeckt. Er sprang auf und lief los. Er war noch so jung, dass seine Proportionen eher an die eines Michelin-Männchens erinnerten, deshalb wackelte er beim Rennen ziemlich komisch. Ich musste lachen, mein Blick fiel auf die Schaukel.

»He, warte«, rief ich ihm zu und hechtete zur Schaukel.

Er drehte sich um, schon fast hinter dem Sandkasten verschwunden, und ich schwenkte seine Jacke über meinem Kopf. Er trottete zu mir zurück und schnappte sich den Ärmel der Jacke aus einem halben Meter Entfernung. Ich ließ sie noch nicht los.

»Sonst wird dir noch kalt«, meinte ich.

»Es hat tausend Grad«, quäkte er.

Ich ließ die Jacke los. Sie landete im Gras, er schleifte sie hinter sich her und verschwand in einer Nebenstraße.

»Das mit der Erziehung kannst du noch üben.«

Eno war hinter mich getreten. Ich strahlte sie an, war unglaublich froh, sie zu sehen.

»Hi«, sagte ich, und auch sie rang sich so etwas wie ein Lächeln ab. »Hast du kurz Zeit?«

Sie nickte bedächtig, und wir setzten uns in der Nähe der Graffitirutsche auf eine blaue Bank, von der der Lack absplitterte. Eno sah stur geradeaus, ich wusste, dass sie jetzt so lange hier sitzen würde, bis ich mich entschuldigte. Sie würde hier sitzen, selbst wenn es anfinge zu regnen, zu hageln, zu donnern, selbst wenn ein Blitz direkt neben uns einschlüge. Und schlüge er direkt in mich ein und röstete mein Gehirn, ich zitternd am Boden »Zu Hilfe« wimmernd, würde sie sich umdrehen und fragen: »Wie sagt man?«

»Tut mir leid wegen Samstag.«

Nichts. Ich musste schwereres Geschütz auffahren.

»Ich weiß auch nicht, du weißt ja selber, das Thema ist immer etwas schwierig und das mit Luis und so.«

Das zog. Sie drehte sich zu mir und ihre riesigen Holzkreolen flogen herum, als sie sagte: »Schon okay.«

Und damit war das Thema gegessen, eigentlich. Es nagte noch an mir, ja. Aber das würde vergehen. Tat es fast immer. Eno war außerdem schon wieder ein paar Gedanken weiter. Erst erzählte sie, dass ihr der entscheidende Durchbruch in ihrer Doktorarbeit gelungen war. Ein paar Wochen noch und sie könne das Ding zum Binden geben. Ja, wahrscheinlich. Den Satz hatte ich schon zu oft gehört. Die Schaukel hing kläglich in der Luft, ein Windstoß versuchte sie anzuschubsen, doch sie war zu schwer. Das Lüftchen ließ von ihr ab und nahm sich stattdessen meine Haare vor.

Eno sagte gerade, das mit Timo würde langsam ernst und sie dächten darüber nach, die nächsten Schritte zu gehen.

»Wie, nächste Schritte?«

Mir musste wohl ein essenzieller Gesprächsteil entgangen sein. Sie überschlug die Beine und ließ ihre Espadrille wippen. Ein Fußkettchen mit bunten Glaskugeln klimperte dazu.

»Na ja, zusammenziehen und so«, sagte sie und lächelte.

»Überleg dir das gut.«

Sie sah nur kurz zu mir herüber und sprach weiter von Timo. Sie glaubte wohl nicht, dass es so enden würde wie bei Luis und mir. Gerne hätte ich jetzt angefangen, mit ihr zu diskutieren, dass man das nie wissen könne, dass sie Timo erst seit gefühlten drei Sekunden kannte und so weiter. Aber wir hatten uns gerade erst wieder versöhnt. Sie hörte auf zu reden, und ich hoffte, ich hatte keine Frage verpasst. Schnell wollte ich das Gespräch in eine andere Richtung lenken.

»Die aus dem Krankenhaus haben mir gekündigt. Die wollen, dass das jetzt die Pflege macht.«

»Oje.« Sie tätschelte mir die Schulter, ihre Hände waren eiskalt.

»Du findest was anderes, eine Freundin von mir, Charlie, weißt du, die arbeitet doch in dem Buchladen. Vielleicht kannst du da ein paar Schichten machen. Ich frag sie mal.«

Dankbar drückte ich ihre Hand. Wir vermieden es, uns anzusehen.

»Und so lange erst mal Gärtnern, oder?«

»Ja, wahrscheinlich«, wich ich aus.

Wir saßen eine Weile und schwiegen uns an.

»Ich muss los. Wir sehen uns bald, ja?«

Sie stand auf. Es war noch nie passiert, dass Eno mich nicht hereingebeten hatte. Ich war darauf eingestellt, mich in ihren Sitzsack fallen zu lassen und aus ihrem Teeregal irgendetwas auszusuchen, auf dem »Gute Energie« oder »Stressfreier Abendmoment« stand.

»Oder war noch was anderes?«

Sie umschlang ihren Oberkörper mit den Armen, als würde sie frieren.

»Nee, nee«, sagte ich und stand auf.

Wenigstens wollte ich zuerst gehen. Ich sagte Tschüs und stapfte davon.

8

Keine Ahnung, warum wir hier grüne Latzhosen tragen mussten. Es war nicht so, als würden wir uns im Dickicht tarnen oder in den kahlen Apfelbäumen verstecken wollen. Es konnte sich auch nicht um eine Frage der Ästhetik handeln. Hätte ich grauenhafte Hosen tragen wollen, hätte ich gleich zur Polizei gehen können.

Heute war Indoor-Arbeit angesagt und zwischen den schicken Kostümchen mit perfekt gebügelten Blüschen darunter, die zu den cremefarbenen Stöckelschühchen passten, verkehrte sich unsere Tarnfarbe ins Gegenteil. Ich versuchte es trotzdem, als ich am ersten Ficus angekommen war. Unauffällig platzierte ich mich hinter den schlaff hängenden Blättern. Der Ficus stand neben dem Schreibtisch eines Glatzköpfigen, der hoch konzentriert auf einen Bildschirm starrte. Seine Brille war ihm bis zur Nasenspitze gerutscht. Bestimmt IT-ler, dachte ich, streifte meine Handschuhe über und begann, die gelben Blätter abzuzupfen. Ein paar Minuten war ich schon dabei, da schreckte die Glatze hoch.

»Was tun Sie da?«, zischte er.

Meine gesammelten Blättchen fielen mir aus der Hand und glitten zu Boden.

»Ihr Ficus hat einen Zug abbekommen«, sagte ich und ging in die Knie, um die Blätter vom Teppich zu lesen.

In letzter Zeit hatte ich zugenommen, die Hose kniff am Po.

»Ich lüfte immer vorschriftsgemäß«, sagte er laut.

Der Kollege ihm gegenüber blickte kurz hoch und tippte weiter.

Ich richtete mich auf und warf die verdorrten Blättchen in den Müllsack, den ich auf meinen Runden dabeihaben musste. Der Kerl starrte mich dabei regungslos an. Ob diese Unhöflichkeit wohl spezifisch für die Berufsgruppen Unternehmensberatung und IT war? Oft war es vorgekommen, dass sich die Büroarbeiter von mir gestört fühlten. Sie zogen einen Sichtschutz für ihren Computerbildschirm aus der Schublade oder sperrten ihr System, um eine Kaffeepause zu machen, die genau so lange dauerte wie meine Anwesenheit. Der Mann mit dem Ficus räusperte sich ebenso betont laut, wie er vorher gesprochen hatte. Ich wandte mich wieder ihm zu.

Seine Hände lagen auf der Tastatur, neben ihnen stand ein Bilderrahmen, darin ein Foto, auf dem ich einen lächelnden Jungen erahnen konnte. Der Mann drehte den Rahmen um, ich konnte nur noch die Rückseite sehen.

»Muss das sein? Ich versuche hier zu arbeiten«, sagte er.

Seine Hände lagen erneut auf der Tastatur. Kein Ring.

»Ich bin gleich fertig«, antwortete ich.

Ob man hier bereits wieder gießen musste? Eigentlich brauchten die Büropflanzen nur alle zwei Wochen Wasser. Die einzigen Pflanzen, über die ich etwas wusste, waren Kartoffeln und vielleicht noch Salat. Denn das war das Einzige, was auf dem Hof meiner Eltern wuchs. Und Ginster, natürlich, aber der kam alleine klar. In der Bewerbung für den Gärtnerposten hatte ich »Erfahrungen in der Landwirtschaft« angegeben, was mich in den Augen der Personaler anscheinend zur Ficusspezialistin gemacht hatte. Adela war die Pflanzenliebhaberin in unserer Familie gewesen.

Meinen Zeigefinger ließ ich in die Erde sinken: trocken. Einen großen Unterschied zu den Kartoffeln konnte es doch nicht geben. Ein paar Tische weiter war ein Waschbecken. Ich nahm meine

Gießkanne und füllte sie, dann kehrte ich zum Schreibtisch des Glatzköpfigen zurück. Als ich begann, das Wasser in den Topf zu gießen, sog er scharf die Luft durch die Nasenlöcher ein und hackte auf die Tastatur ein. Kurz dachte ich daran, ihm den Rest Wasser aus der Kanne in den Kragen zu schütten.

Ein paar Blättchen hingen noch welk an der Pflanze, und ich musste mich zwischen den Stuhl des IT-lers und den Ficus drängen, um sie abzuzupfen. Das Hacken hatte aufgehört.

»Können Sie das nicht außerhalb meiner Arbeitszeiten machen?«

Er sprach ganz leise, presste jedes Wort zwischen den Zähnen hervor, das hörte ich, ohne mich umzudrehen. Stumm bearbeitete ich die Blätter weiter.

»He, haben Sie mir überhaupt zugehört?«

Seine Glatze war rot gefleckt. Eine gigantische Vene pulsierte in der Gegend seines Hemdkragens. Was er jetzt brüllte, blendete mein Hirn - wohl zum Selbstschutz - aus, sobald mich die ersten Spucketropfen trafen. Dann kam die Stille. Das Großraumbüro war versteinert. Ich wünschte, Stille würde auch bedeuten, man könne plötzlich nicht mehr sehen. Mein Hirn zwang mich, alle Reize gleichzeitig zu registrieren. Eine Frau, die gerade mit einem Buch in der Hand den Raum betreten hatte und jetzt mit schildkrötenartig eingezogenem Kopf verharrte. Den Mann am Schreibtisch neben dem Kahlen, dessen Augen zwischen mir und dem Schreihals hin und her wanderten. Das Gesicht des Brüllenden selbst, wie sich leise Unsicherheit hinter seine Augen schlich, er Luft in seinen Brustkorb pumpte, sein Hemd sich straffte. Und irgendwie sah ich auch mich dort stehen. Ein Trottel in grüner Hose, mit einer Gießkanne in der Hand. Ich stellte sie behutsam auf den Boden und ging.

9

»Rot oder weiß?«

In Lars' Wohnung roch es nach Mann. Eine Mischung aus vollgeschwitzten Sportsocken und Rasierwasser, Ekel und Abenteuer. Ich drehte in der Raummitte des spärlich eingerichteten Wohnzimmers – Kunstledercouch auf blauem Fransenteppich, Glastisch mit Autozeitschrift, Riesenfernseher, Bücherbord – eine Pirouette. Weit und breit keine Sportsocken. Lars stand in der Tür zur Küche und hielt eine Flasche Weißwein in der Hand.

»Gut, weiß«, sagte ich.

Warum Männer immer denken, dass Frauen Weißwein trinken. Ich ging auf das Fenster zu, es war gekippt und Abendluft sickerte zu uns herein. Das Fenster war einem Innenhof zugewandt und weil Lars' Wohnung im fünften Stock war, schaute man erst in einen Abgrund, bevor das Fleckchen Gras zwischen den Häusern den Blick auffing.

Aus der Küche hörte ich Töpfe gegeneinander knallen, leises Fluchen, weitere Kochgeräusche. Wahrscheinlich kochte er Risotto oder irgendein anderes Date-Gericht. Vielleicht auch Pizza, selbst gemacht natürlich. Ich wandte mich dem Bücherbord zu. Ein Bildband über Neuseeland. *Sakrileg* von Dan Brown. Die *The Fast and the Furious*-DVD-Sammlung. Ein kleiner Eiffelturm, wie man ihn aus Paris mitbringt, wenn einem nichts Besseres einfällt. Mehr Kram als Bücher. Meine Hände wurden feucht. Den ganzen Abend war ich kein Stück aufgeregt gewesen. Nach der Katastrophe mit dem Ficus-Mann hatte ich Lars wie mechanisch angerufen und gefragt, ob er Zeit habe. Er klang überrascht, sagte aber zu. Seine Stimme vibrierte mir etwas von seiner Vorfreude durchs Telefon. Kurz hielt ich sie für meine eigene. Normalerweise war ich aufgeregt, wenn ich Männer traf. Es waren keine Schmetterlinge im Bauch, eher so, als hätte mir jemand Teer in den Magen gekippt, der erstarrte. Lars zu treffen war entspannter, ich hatte das als gutes Zeichen gewertet. Aber die Vorstellung, mit jemandem zu schlafen, der die gesamte *Fast and Furious*-Kollektion im Regal hatte, jagte mir Schauer über den Rücken. Und mit ihm schlafen, das wollte ich schließlich. Denn so machten das alle, wenn sie gestresst oder einsam oder traurig oder gelangweilt waren. Und trugen danach einen überlegenen Gesichtsausdruck zur Schau. Eno verurteilte diese Rein-raus-Menschen, was lustig war, weil sie selbst nicht gerade wie eine Nonne lebte. Aber, darauf bestand sie und hatte wohl recht damit, sie suchte sich ihre Partner gut aus. Nur, Eno war jetzt nicht da. Und Eno war auch nicht ans Telefon gegangen, den gesamten Nachmittag, also konnte Eno mich auch für nichts verurteilen oder von etwas abhalten.

»Du magst doch Risotto?«, fragte Lars, als ich zu ihm in die Küche trat.

Im Topf vor ihm trudelte der Reis im Wasser Richtung Topfboden. Ich nickte. Er setzte den Deckel wieder auf das brodelnde Wasser und griff nach einer Flasche Bier, nahm einen Schluck.

»Du trinkst gar keinen Wein?«, fragte ich.

»Bin eher so der Biertrinker«, sagte er und wandte sich wieder dem Topf zu.

»Ich hätte glaube ich auch lieber ein Bier.«

Er drehte sich um, für einen Moment sah er irritiert aus, dann lächelte er sein Hängemattenlächeln und holte mir ein Bier aus dem Kühlschrank.

So standen wir uns gegenüber. Das Thema Arbeit hatten wir schon in den ersten zehn Minuten abgefrühstückt. Kurz überlegte ich, ob ich aus dem Vorfall von heute Nachmittag eine witzige Anekdote basteln konnte, aber der Schock saß noch zu tief.

»Warst du mal in Neuseeland?«, fragte ich.

Sein Lächeln wurde breiter.

»Ja, Anfang des Jahres für drei Wochen. War echt Wahnsinn.«

Er erzählte von Städten, die sie bereist, von Fischen, die sie bewundert, und von Landschaftsstrichen, die sie beeindruckend gefunden hatten. Ich dachte eine Sekunde darüber nach, ob »wir« er und seine Freundin Schrägstrich Exfreundin waren, stellte fest, dass es mir egal sein musste, und erledigte das Bier in wenigen Schlucken. Meine Hände waren noch immer glitschig. Beherzt riss ich an der Kühlschranktür.

»Andersrum«, kommentierte Lars und fing an zu lachen, als ich den Kühlschrank endlich aufbekam. Und als ich mir das nächste Bier nahm, sagte er: »Hast 'nen ganz schönen Zug drauf.«

»Kann sein«, murmelte ich und bremste mich noch im letzten Moment, bevor ich den Kronkorken an der Kante der Arbeitsplatte von der Flasche haute.

Mit weit aufgerissenen Augen hielt ich ihm das Bier hin. Gleichzeitig versuchte ich, keck zu lächeln. Also mit dem einen Mundwinkel mehr nach oben. Ich wollte ihm gefallen, trotz Eiffelturm. Sein Gesicht zerschmolz und die Fältchen um seinen Mund verknoteten sich zu einer mitleidsvollen Grimasse.

»Und du, warst du schon mal dort?«, fragte er, als er mir die Flasche – jetzt offen – in die Hand drückte.

»In Neuseeland? Nein, aber ich würde gerne mal hin.«

Hatte ich gerade beschlossen.

»Ich war schon ewig nicht mehr im Urlaub«, machte ich Konversation, als er sich wieder dem Topf zuwandte. »Das letzte Mal in Portugal, glaub ich, aber das zählt quasi nicht, ist ja so nah.« Ich plapperte, aber Lars merkte es nicht.

»Findest du? Ist schon eine ganz schöne Ecke.«

Ich hatte es geschafft, dass er sich wieder zu mir drehte. Auf seinem blauen Polohemd waren ein paar Risottospritzer in Kragenhöhe.

»Von Spanien ist es nur ein Katzensprung.«

»Du kommst aus Spanien?«

Noch in der Drehbewegung zum Topf hin hatte ich seine Aufmerksamkeit gefesselt.

»Na ja, aus dem Norden.«

Aus einer Region, in der es achtzig Wörter für Regen gab. Regen mit Wind. Regen mit Schnee. Regen mit Wind und Schnee. Die Exotikkarte hatte ich selten gut ausspielen können.

»Sieht man dir gar nicht an«, sagte er und sein Blick suchte mein Gesicht nach etwas ab. Vielleicht vermisste er den dunklen Teint oder die schwarzen Augen oder er erwartete, dass ich im nächsten Moment »Olé« rufen und Kastagnetten aus meiner Bluse zaubern würde. »Aber stimmt, du hast auch so einen spanischen Nachnamen«, fiel ihm ein. Nachdem er sich selbst die Situation erklärt hatte, glaubte er mir meine Herkunft. »An Maria hätte man es nicht unbedingt gemerkt«, sagte er noch, als würde auch ich das erste Mal über meinen Namen nachdenken und ihn nicht schon jahrelang verfluchen.

Maria. Alle hießen Maria. Maria war der einzige Name in Spanien, für den es eine eigene Abkürzung gab, ein M mit einem hochgestellten kleinen a. Denn normalerweise folgte auf Maria noch etwas. Maria Elena, Maria José, Maria Adela. Meinen Eltern war der Saft ausgegangen, beim zweiten Kind hatte es nur noch für einen Namen gereicht.

»Wie lange bist du denn schon hier?«

Er beschäftigte sich mit dem Risotto. Schüttete etwas Grünes aus einem Gläschen dazu. Es begann nach Rosmarin zu riechen.

»Fast fünf Jahre.«

»Deutsch sprichst du ja perfekt, daran hätte ich's nicht gemerkt.«

»Danke.«

Ich suchte den Raum ab nach Inspiration, wie man das Thema wechseln könnte. Wie wäre ein Gespräch über Topflappen? Oder hey, den Dunstabzug.

»Fährst du oft nach Hause?«

Er pfefferte den Reis und rührte weiter.

Ich antwortete, ohne nachzudenken: »Bist du bei der Polizei oder so?«

»Was, wieso?«

»Hat was von einem Verhör.«

Er drehte sich zu mir. Damit er meinen Kommentar als Ironie abspeichern, lachen und dann das Thema wechseln konnte, hatte ich mir ein breites Lächeln aufgesetzt. Er lachte unsicher.

»Warum so geheimnisvoll?«

»Ach du, das ist alles gar nicht so spannend. Ich bin kein Familienmensch.«

»Echt nicht?«

Ich schüttelte den Kopf und konzentrierte mich auf sein Polohemd. In Gedanken hörte ich Eno lachen, was, du hast mit einem Typen im Polohemd geschlafen?

»Auch nicht so mit Kindern und so?«

Er sagte zweimal so. Vielleicht war ihm schon während er es ausgesprochen hatte aufgegangen, dass die Frage bei mir komisch ankam.

»Weiß nicht«, sagte ich und aus meinem Mund purzelte ein Glucksen, das das Echo zu seinem Lachen vorher werden wollte, aber als Totgeburt zwischen uns fiel.

Er griff nach einem Porzellansalzstreuer und bestäubte den blubbernden Reis.

»Also ich würde gern mal nach Spanien«, sagte Lars.

Um den Moment zu übertünchen, ja, ihm so viel Farbe aufzupinseln, dass keine Falte und Unebenheit erkennbar wäre, stieg ich auf Lars ein.

»Das ist gar nicht so toll, wie du denkst. Der Norden ist nicht so, wie man sich Spanien vorstellt. Keine Sonne, keine Sangria. Eher so wie Irland. Viele Felsen, viel Grün, steile Küsten und Wald.«

»Echt, wie Irland? Auch kalt und so?«

Er salzte noch immer.

»Ja. Kalt.«

»Was machst du denn in Deutschland? Wärst du mal lieber in den Süden ausgewandert.«

In Lars' Hand schlingerte der Salzstreuer, wie ein Kind mit einer Rassel sah er aus.

»Nicht so viel Salz«, rief ich.

»Oh ja, 'tschuldigung.«

Er stellte den Streuer ab.

»Kann ich probieren?«

Umständlich angelte er einen Klumpen Reis aus dem Kochtopf und hielt mir den Löffel hin.

»Vorsicht, heiß«, sagte er, aber die Körner brannten mir schon ein Loch in die Zunge.

Ich nuschelte: »Schmeckt gut.«

Er lächelte.

Beim Essen übernahm er wieder den Hauptgesprächsanteil. Das war gut, denn ich war damit beschäftigt, den Reis an meiner verbrannten Zunge vorbeizujonglieren. Es ging ums Kochen, ums Essen, um seine Zeit in Bremen, schließlich wieder ums Kochen. Nach dem zweiten Bier hatte ich inzwischen auch den Humpen Wein geleert, den er für mich vorgesehen hatte. Ich musterte ihn an der obligatorischen Kerze auf dem Tisch vorbei. Schlecht sah er nicht aus. Der Dreitagebart stand ihm. Er lehnte sich in seinem Stuhl zurück und schaute an der Flamme vorbei zu mir.

Ich sagte mehr zu mir als zu ihm: »Und nun?«

»Willst du Kaffee?«, fragte er.

Ich nickte, er stand auf und ging wieder in der Küche klappern. Ich ließ mich auf die Couch fallen und machte einen Knopf meiner Bluse auf, und meine Haare. Dann machte ich die Haare wieder zu. Lars kam zu mir, einen Becher in der Hand.

»Bitte schön.«

»Du willst keinen?«, fragte ich und nippte an dem, was er Kaffee nannte.

»Nee, ich muss morgen früh raus. Arbeiten und so.«

»Oh.«

Ich versuchte schnell zu trinken, ohne dass es so aussah, als würde ich versuchen schnell zu trinken. Lars saß bestimmt einen halben Meter weg von mir auf der Couch. Mir fiel auf, dass von irgendwoher Soul dudelte. Lief das schon länger? Ich sah wieder zu Lars, der sah auf sein Handy. Den letzten Schluck seines Kinderkaffees schüttete ich hinunter.

»Ich muss auch mal los. Mein Hund wartet«, sagte ich in geschäftigem Tonfall, schoss in die Höhe und sah mich nach meiner Jacke um.

»Du hast einen Hund?«

Er lächelte wieder dieses arglose Lächeln.

Ich antwortete: »Ja, er ist ziemlich alt, weißt du, kann nicht mehr so lange alleine bleiben.«

Lars lächelte noch immer. Er begleitete mich zur Tür, ich nahm meine Jacke vom Haken.

»Ja, war schön«, sagte ich und zuckte mit den Schultern.

Sollte ich ihm vielleicht die Hand geben?

Er machte die Tür auf und sagte: »Ja, war echt sehr schön, können wir gerne wieder machen.«

Dann packte er mich und umarmte mich sehr lang. Meine Arme umschlang er dabei praktischerweise so, dass ich ihn nicht zurückumarmen musste.

10

Timo wirkte wie jemand, den man um drei Uhr morgens aus dem Bett geklingelt hatte, was vermutlich daran lag, dass ich ihn um drei Uhr morgens aus dem Bett geklingelt hatte.

»Hey, schön dich zu sehen«, strahlte ich.

Vielleicht konnte man aus dem Timo mit den halb geöffneten Augen, dem Sinusmund und der explodierten Frisur, dem Drei-Uhr-morgens-Timo, wieder den fröhlichen, den lieben Timo, den Alltags-Timo machen.

»Ich wollte zu Eno«, sagte ich unnötigerweise, da Eno, besorgt und genervt, hinter ihm auftauchte.

»Ist was passiert?«, fragte sie und drängte Timo von der Tür weg.

Der schaffte es jetzt, seine Augen aufzureißen. Leider war nur ein entgeisterter Blick drin.

»Ich wollte dich fragen, ob du auf den Hund aufpassen kannst«, sagte ich und versuchte dabei lässig zu klingen.

Ich hob das Ende der Leine in meiner rechten Hand hoch. Das andere Ende führte hinter mir ins Treppenhaus. Vermutlich war der Hund wieder eingeschlafen, der Kilometer zu Enos Wohnung hatte ihn so geschafft, dass er sogar nur einmal gekotzt hatte.

Eno sagte – wie ich fand, unnötig aggressiv: »Was, jetzt?«

Timo murmelte irgendwas, wedelte abwehrend mit der Hand in meine Richtung und schlurfte ins Wohnungsinnere.

»Ja, ab jetzt, quasi. Für ein paar Tage.«

»Was ist passiert, Maria?«

Die echte Sorge, die aus ihrer Stimme herauszitterte, rührte mich.

Ich trat einen Schritt näher.

»Es ist alles okay. Ich dachte, ich fahre mal meine Familie besuchen.«

Enos Gesicht hellte sich auf, dann flackerte es und die Freude erlosch.

»Bist du sicher? Noch vor ein paar Tagen warst du sauer, als ich das vorgeschlagen habe.«

Stand Timo noch im Flur und hörte uns zu? Ich spähte an Eno in ihrem Bademantel vorbei.

»Wohnt Timo jetzt hier?«

»Ja, schon eine Woche.«

»Ah. Gut. Also, geht das mit dem Hund?«

Eno schaute auf ihre nackten Füße.

»Ach, Maria.«

Dass Eno so resigniert klingen konnte, war neu und schmerzhaft.

»Bitte. Ich glaube, ich muss fahren. Oder ich kann nicht bleiben.«

Sie nickte. Jetzt griff sie nach der Leine, bekam meine Hand zu fassen und hielt sie kurz fest. Ihre Hand sagte: »Pass auf dich auf und komm bald wieder.« Sie sagte: »Ich denk an dich und ich wünsche dir Glück.«

Ich sagte: »Wenn man ihn streichelt, kotzt er weniger.«

11

Die Küste Nordspaniens sah aus, als hätte jemand ein Stück aus ihr herausgebissen. Vielleicht die Spanier oder die Basken. Außerdem sah sie aus, als würde sie jeden Augenblick zurückbeißen. Zackige Felsen drängten sich aneinander und rissen ein Loch in jede Welle, die ihnen zu nahe kam. Ich wünschte, ich wäre im Sommer gekommen, wenn das Meer friedlicher mit der Küste umging und nicht versuchte, sie zu verschlucken. Zum Schutz hatte sich der Steinkamm, immer in Kampfstellung, ein grünes Fell zugelegt. Was sich die See wohl zurückholen wollte? Auch in meinem Magen tobte ein Kampf, der Bus nahm waghalsige Kurven in einer Geschwindigkeit, die ich nicht einmal auf der Autobahn anpeilte. Also schloss ich vor jeder Biegung die Augen und drückte mich fest in meinen Sitz. Überhaupt tat mir die Schönheit der Landschaft weh. Das sterbende Novembergrün im scharfen Kontrast zu den grauen Wellen flimmerte grell. Ein Abschnitt der Küste verdrängte den nächsten. Manchmal war mir, als führen wir direkt auf das Meer zu, manchmal war da nur Fels. Endlich ließen wir das Wasser hinter uns, und der Bus fuhr Richtung Landesinneres. Er hielt ein paar Mal, die Leute zerrten ihre Koffer über die Stufen und ihr Schnattern wurde immer leiser.

So lange hatte ich niemanden mehr Galicisch sprechen hören. Die Wörter wollten erst ihren Weg nicht in mein Ohr finden, sie eckten an und wenn es doch eins schaffte, konnte ich es nicht begreifen. Einige Sitze weiter unterhielten sich zwei Frauen um die dreißig, sie sahen nett aus. Ich versuchte von ihren Lippen zu lesen, aber als die eine merkte, dass ich sie anstarrte, und meinen Blick scharf erwiderte, ließ ich es bleiben. Der Bus fuhr nun langsamer als auf der Küstenstraße, und ich schaute wieder nach draußen. Seit zwölf Stunden war ich unterwegs und konnte kaum fassen, dass ich wirklich bald ankommen sollte. Immer wieder hatte ich überlegt umzukehren. Schon nachdem Eno die Tür geschlossen hatte, war ich versucht gewesen, meinen Hund zurückzufordern, das sei alles nur Spaß, haha, was haben wir gelacht.

Am Flughafen waren Malta, Salvador de Bahia und Köln die Ziele, die vor Santiago angezeigt wurden. Wie wäre das, ein paar Wochen Malta? Wo lag das eigentlich genau? Oder wie wäre ein Job als Stewardess? Wenn ich ohnehin schon nirgendwo zu Hause war, konnte ich das auch für Geld sein.

Und doch wackelte mich der Bus unaufhaltsam immer näher zum Dorf meiner Kindheit. Bevor ich dorthin kam, musste ich noch einiges in meinem Kopf ordnen. Mir in Erinnerung rufen, wie es gewesen war, um die, die anderes behaupteten, Lügen zu strafen. Unweigerlich würde ich über meine Schwester nachdenken müssen, daher beschloss ich, dies gleich zu tun und abzuhaken.

Über meine Schwester gibt es nicht viel zu sagen und doch wird ständig über sie geredet. Adela, Maria Adela natürlich, war ein durchschnittlich schweres Baby und sie kam an einem normalen Dienstag zur Welt. Sie entwickelte sich, wie Kinder sich eben entwickeln, wuchs, wie Kinder eben wachsen, spielte die Spiele von damals in den Gärten von damals und tat danach Dinge, die Jugendliche taten. Dann starb sie und alles, was vorher so normal gewesen war, wurde hochstilisiert, verdreht und mit magischen Elementen versehen, die es in ihrer Kindheit – und das kann man mir glauben, ich war schließlich dabei – gar nicht gegeben hatte.

Die Nachbarin meiner Eltern, *viúva* Soberano, die schon so lange Witwe war, dass ihr Status mit ihrem Namen verschmolz, diese Witwe Soberano eben behauptete, am Tag, als meine Schwester geboren wurde, habe sie von ihrem Mann geträumt. Er, von dem sie erzählte, er sei im Bürgerkrieg gefallen, wobei jeder wusste, dass er betrunken einen Autounfall gehabt hatte, sei ihr erschienen und habe ihr aufs Neue seine Liebe beteuert. Gerade, als sie in seine Arme sinken wollte, habe sie der Schrei eines Babys, nämlich der erste Schrei Maria Adelas, geweckt und ihr Mann wurde wieder in die Traumwelt zurückgesogen. Nie wieder, so beteuerte die *viúva* ein ums andere Mal, sei ihr geliebter Antonio ihr seit diesem Tag im Traum erschienen.

Der Bauer des angrenzenden Hofes erzählte jedem, der eine spannende Geschichte und einen guten Sherry zu schätzen wusste, von dem Moment, als er am ersten Geburtstag von Maria Adela die Stalltür öffnete und alle seine Kälber tot vorfand, ja, alle sechs, wiederholte er und goss dem Zuhörer noch ein Glas ein, bevor er zur detailgetreuen Schilderung der Kadaver überging, denen Schaum vorm Mund und kalter Schweiß auf der Stirn gestanden hatten.

Und Pfarrer Tomás sprach hinter vorgehaltener Hand davon, wie ihm der Atem gestockt hatte, als er bei der Kommunion von Adela den Segen über ihren Lockenkopf sprechen sollte. Kein Wort, wisperte er, kein Wort habe er herausgebracht, seine Zunge war von Gottes Kraft, ja, von Gottes Anwesenheit gelähmt.

Wir alle erinnerten uns an die langwierigen Segenssprüche, die für Tomás typisch waren, wir erinnerten uns daran, dass in einem Sommer die Kühe auf jedem Hof gestorben waren, und dass die *viúva* Soberano log, sobald sie den Mund aufmachte, wussten wir auch. Trotzdem ließ sogar meine Mutter sich zu der Geschichte hinreißen, an Adelas Wiege habe ein Topf Gerbera gestanden, Blüten so frisch und prächtig, die nur Stunden nachdem meine Mutter sie dorthin gestellt hatte verblüht waren. Zu meiner Geburt habe sie dasselbe gemacht, und die Blumen seien mit mir gewachsen und gewachsen, bis man sie in den Garten setzen musste. Vermutlich hatte sie die Geschichte nach meinem Verschwinden modifiziert, und auch meine Gerbera ließen seitdem die Köpfe hängen.

Ich weiß natürlich um die Grausamkeit, der Mutter, die ein Kind verloren hat, auch noch das zweite zu nehmen. Den Abschied aus emotionaler Ökonomie zu überspringen und aus genau diesem Grund auch auf weiteren Kontakt zu verzichten.

Aber nach Adelas Tod kam der Sommer. Die Erde auf ihrem Grab trocknete zu spröden Klumpen, Bänder verblühten mitsamt den Blumenkränzen, verwuchsen zu vegetativer Einheit, ein neues Grab auf dem Grab. Ameisen trugen diese Schätze fort, verschwanden damit zwischen Farn und welkem Gras und schließlich in der Erde, vielleicht näher an Adela. Freilich sah ich von alledem nichts. Denn dieser Sommer war anders, drückender. Nachts warf man sich schweißnass umher, tagsüber schleppte man seinen Körper, der viel schwerer war als sonst. Um sechs Uhr morgens tappte meine Mutter in die Küche und machte Kaffee. Ich wartete, bis ich die Stalltür hörte, schlich herunter und trank den Rest heißen Kaffees. Das musste sehr schnell geschehen, bevor mein Vater in die Küche kam.

Ich war dann schon weit fort, der Fahrtwind auf dem Fahrrad trocknete den Schweiß der Nacht. Ich war zu einer der Buchten unterwegs. Diesen Sommer ging ich nicht mehr mit den anderen zum beliebtesten Strand, nahe an unserem Dorf, dort lag sogar weißer Sand. Ich fuhr ein paar Kilometer weiter, zu einer kleinen Bucht, die man *ollo* nannte. Denn hier legten sich Felsen wie ein Wimpernkranz ums Meer und ein paar Hundert Meter weit draußen lag die schwarze Pupille der Bucht, eine merkwürdig rundgeschliffene Felsformation. Zwar gab es hier auch Menschen, doch nur wenige aus meinem Dorf, und so beachtete niemand, wie ich mein Handtuch zwischen die Felsen breitete.

Mateu kam auch hierher. Manchmal war er sogar schon da, wenn ich kam, obwohl die Sonne gerade erst aufging. Abends gingen wir immer gemeinsam, schoben unsere Räder nebeneinander her, bis der Himmel die Sonne gefressen hatte, nie fuhren wir. An der Biegung zu seinem Haus hob er die Hand, ein verwaschenes Winken, und sagte »Bis morgen«.

Wir sprachen viel weniger, als wir es vor Adelas Tod getan hatten, obwohl wir uns jetzt öfter sahen. Es gab auch keine Berührungen mehr, keiner sah dem anderen länger als nötig in die Augen. Und unser Schweigen hatte etwas Scharfes. Meine Stille konnte ihm wehtun, ihn verletzen mit ihren Kanten. Und seine Sprachlosigkeit drückte mir die Luft weg. Ich atmete schwer und schob es auf die Hitze, die auf der anderen Seite des Dorfes Adelas Grab aufriss. Und trotzdem kamen wir jeden Tag in unsere Bucht. Manchmal schwammen wir. Wir kletterten auf die runden Felsen, balancierten waghalsig darauf herum, niemals fielen wir, auch wenn die Wellen noch so sehnsüchtig nach uns griffen. Wir sahen zum Ufer, die Küste eines Jedes-Landes, wir hätten überall sein können. Doch wir waren hier.

»Ich sollte nach Hause gehen«, sagte jeder von uns mindestens einmal am Tag und blieb. Denn zu Hause gab es das Schweigen auch, doch dort war es nicht scharf, sondern eiskalt und mit jedem Atemzug sackte die Kälte tiefer in einen hinein. Das war der Juni.

Und dann kam ich eines Tages zum Strand, später als sonst, und Mateu lächelte. Ich hatte vergessen, wie das an ihm aussah, wie ein Hemd, das er lange nicht getragen hatte, oder ein Hut, den er nur zu besonderen Anlässen aufsetzte. Ich lachte ein bisschen, vorsichtig, denn sein Lächeln sollte nicht nur ein kurzes Gastspiel geben, um danach verschreckt die Bühne zu verlassen, sondern zahlreiche Zugaben feiern und vor dem nächsten glorreichen Auftritt höchstens ein paar Minuten Pause machen. Das Lächeln blieb den ganzen Morgen. Ich fragte nicht, wie er dieses strahlende, dieses zähneblitzende Lächeln wiedergefunden hatte. Wir rannten ins Wasser und kraulten zu den Felsen. Es waren bestimmt ein paar Hundert Meter, aber das Meer nahm heute vor uns Reißaus und sekundenschnell waren wir bei der Pupille angelangt. Keuchend zogen wir uns auf die Steine und ruhten aus. Mateu griff nach meiner Hand, kurz nur, dann zog er seine Finger zurück. Wir ließen uns schwer ins Wasser fallen, das Salz spülte Mateus Gesicht wieder leer.

Ich dachte, von nun an würde er nicht mehr kommen. Vielleicht würde ich eines Abends vergessen aufzustehen und in den Schatten versteinern. Und wäre selbst eine Felsformation, die Strandbesucher seltsam an eine Frauengestalt erinnerte. Doch auch nach diesem Nachmittag, an dem Mateus Schweigen meinen Brustkorb zerquetschte, kam er zurück. Er kam später als sonst, die Sonne stand schon hoch am Himmel. Er sagte Hallo und breitete sein Handtuch neben meinem aus, strich vielleicht etwas sorgfältiger als sonst die Ränder glatt und setzte sich behutsam. Wir schwiegen so beharrlich, dass ich anfing, dem Schweigen in meinem Kopf Formen zu verleihen. Wenn Mateu heimlich zu mir schielte, war das Schweigen ein Hammer, der auf die immer gleiche Stelle in meinem Magen traf. Wich ich seinem Blick aus, waren es tausend Glassplitter, die auf sein Gesicht rieselten. Manchmal war das Schweigen auch geschickter, pirschte sich an und verklebte einem die Lippen erst im letzten Moment, wenn der Kopf die Worte schon an den Mund geschickt hatte. Oder es legte sich um einen, wie ein schützender Mantel, und wurde immer enger, bis man nach Luft schnappte.

Mateu war also wiedergekommen, weil er nicht fortbleiben konnte. Als er vor mir ins Wasser lief, sich erst nach mir umsah, als er schon bis zum Bauch in den Wellen stand, beschloss ich, fortzugehen. Abends, an der Gabelung zu seinem Haus, winkte er mir auf die altbekannte verwischte Art und bog in die Dunkelheit ab.

Vielleicht ahnte meine Mutter, dass etwas vor sich ging, als ich am nächsten Morgen früher als sonst aufstand und zu ihr in die Küche kam. Sie lächelte mich unter schweren Lidern an, die Falten in ihrem Gesicht Landkarte ihrer Vergangenheit, und wir tranken Kaffee aus weiß-blauen Porzellantässchen. Danach ging sie in den Stall, und ich machte mich auf den Weg zum Flughafen.

12

Wie würde meine Mutter wohl inzwischen aussehen? Wäre ihr Gesicht grau vor Trauer, welk wie die Gerbera, die Adela getötet hatte? Oder war sie vielleicht krank geworden, durchfuhr es mich, und hatte sie deshalb so auf meine Rückkehr bestanden? Ich ging schneller, passierte die Felder mit dem Bild meiner kranken Mutter vor Augen, ein weißes Gesicht auf einem weißen Kissen. Es war noch eine halbe Stunde bis zum Hof meiner Eltern. Was, wenn es zu spät war?

»Maria?«

Ich drehte mich nicht um, jede hier war Maria.

»Maria!«

Neben mir auf dem Feldweg bremste ein Fahrrad scharf ab, Staub flog auf meine Schuhe.

»Du bist es wirklich!«

Der grinsende Mund schaffte es fast, die gesamten Apfelbacken zu zerteilen. Ich starrte das Mädchen ein paar Sekunden an, bis es mir schließlich dämmerte. Sie war mit mir zur Schule gegangen, aber der Name wollte mir nicht einfallen. Dass ich sie kaum wiedererkannte, schien ihr überhaupt nicht in den Sinn zu kommen.

Sie strahlte ein paar Sekunden weiter und plapperte drauflos: »Das ist ja eine Ewigkeit her, seit ich dich das letzte Mal gesehen habe!«

Jetzt kam der Moment, in dem ihr einfiel, dass meine Schwester gestorben war, und ihre Lippen kräuselten sich, ihre dichten Augenbrauen verzogen sich zu einer haarigen Sorgenlinie.

Mir hingegen fiel wieder ein, warum ich mich unmöglich an ihren Vornamen erinnern konnte. Sie war zu Schulzeiten recht kräftig gewesen und musste immer die Kleidung ihrer fünf oder sechs Brüder auftragen. Man nannte sie daher beim Nachnamen des Vaters, Castro, so wie ihre Brüder.

Ich grinste, was sie als Aufforderung nahm, weitere Nachforschungen über meinen Aufenthalt anzustellen.

»Wohnst du jetzt wieder hier? Ich dachte, du bist in Deutschland und arbeitest als Arzt?«

Die weibliche Form von *doctor* hatte es noch nicht in ihren Sprachgebrauch geschafft.

»Ich arbeite im Krankenhaus«, sagte ich ausweichend.

Die nächste Frage sollte wohl meinem Beziehungsstatus gelten, aber nachdem Castro diskret auf meinen Ringfinger geschielt hatte, sparte sie sich das.

»Oh wie schön, du besuchst deine Familie, ja? Deine Mutter erzählt immer so viel von dir, ist ja schon eine Weile her, seit du mal da warst. Letztes Weihnachten, oder?«

Eine Bewegung zwischen Achselzucken, Lachen und mich am Kopf kratzen war die Antwort. War diese Lüge meiner Mutter nötig, um ihr Gesicht in der Nachbarschaft zu wahren? Immerhin war sie nicht todkrank, wenn sie mit Castro Schwätzchen halten konnte.

»Wie lange bist du denn da? Komm uns doch mal besuchen, ich wohne jetzt gar nicht weit von dir«, sagte sie.

Hatte wohl in der Nachbarschaft eingeheiratet, gut für sie. Ihre Apfelbäckchen nahmen nun auch den Rest ihres Gesichts ein, aber das Rot, das auf ihre Wangen kroch, stand ihr.

Sie wirkte glücklich, darum sagte ich: »Sehr gerne! Ich muss jetzt nur ...«

Und sie tätschelte mir verständnisvoll die Schulter und fuhr davon, ein wehender schwarzer Mantel auf einem blauen Klapprad.

13

Wie geht's dem Hund?

Gut, wir haben ihm Yogitee gegeben, jetzt ist seine Kotze rosa. Deine Blumen hab ich auch gegossen, Schlüssel unter der Türmatte ist nicht sehr kreativ, weißt du. Wie geht's deinen Eltern?

Yogitee? Was kommt als Nächstes, kocht ihr für ihn?

Maria, geh da jetzt hin. Wofür bist du denn so weit geflogen?

Aber.

Ich hab heut sicher nicht eine halbe Stunde den Badezimmerboden gescheuert, damit du rumstehst, los jetzt!

14

Das Haus war größer geworden. Ja, wirklich, oder ich war geschrumpft, das passiert schließlich im Alter. Dafür war es baufälliger denn je. Müde hing der Putz an den Wänden, ein Ächzen ging durch das Gebälk, als der Wind lustlos die morschen Läden schüttelte. Die Schindeln auf dem Flachdach lichteten sich, das Haus bekam eine Glatze. Daneben der Stall, ein Ziegelstein akkurat auf den nächsten gelegt, frisch verputzt, sogar mit Zierleisten an den Fenstern. Damit die Kühe besser rausschauen konnten? Ammoniak stach in meine Nase, in meine Augen. Ich trat einen Schritt zurück. Noch konnte ich umkehren. Suchend blickte ich mich nach dem Sandkasten um. Adela und ich hatten dort früher unsere Schätze vergraben, silberne Löffel, die goldene Taschenuhr meines Vaters und einmal die Ohrringe meiner Mutter. Leider war das auch der einzige Schatz, den wir nie wieder heben sollten. »Silber und *azabache*, Schmuck aus dritter Generation!«, hörte ich sie, die sonst keinerlei Wert auf Schmuck legte, noch jammern. Zum nächsten Geburtstag bekam sie ein billiges Imitat von meinem Vater geschenkt. Der Sandkasten war nicht mehr da, dem Erdboden gleichgemacht. Dafür gab es mehr Gemüsebeete als früher. Und einen ganzen Urwald an Salat.

Die Stalltür flog auf, mein Vater trat heraus, in seinem Blaumann hängend, wühlte mit starren Fingern in der Brusttasche, fand Zigaretten. Er sah auf, wie ein Tier witterte er meine Anwesenheit. Aus dem braun-faltigen Walnussgesicht stach ein schwarzes Augenpaar hervor. Ein Registrieren meiner Anwesenheit, ein Blinzeln, das Erkennen im Blick auf das Feuerzeug verborgen. Rauch stob aus seinen Nüstern. Er sah wieder auf, weit in die Ferne, auf die Felder, wo nichts war außer Grün. Meine Zunge klebte am Gaumen, an schlucken war nicht zu denken, sprechen erst recht nicht. Dafür funktionierten meine Füße ganz wunderbar, marschierten Richtung Stiege und führten mich ins Haus. Tiergeruch, Teppichgeruch, Essensgeruch im düsteren Flur. Doch meine Beine wollten weiter, wollten sich nicht erst gewöhnen ans Halbdunkel von früher, wo die immer gleichen Mäntel an der Garderobe hingen und darunter die immer gleichen Schuhe mit den abgetretenen Absätzen meine Geschichte erzählten. Ich schob die Tür zur Küche auf. Meine Mutter stand am Herd. Das musste so sein, denn es war immer so gewesen. Die Schleife der Kochschürze folgte ihren Bewegungen, als sie in einem großen Topf rührte, die Dauerwelle wippte auf den Schultern mit, grau und stumpf, wie mit Staub bedeckt. Sie stand da, breitbeinig, ihre winzigen Füße in den braunen Cordpantoffeln. Wie das Haus schien auch der Herd gewachsen zu sein, und mit ihm die ganze Küche. Zumindest reichte meine Mutter kaum an das Brett mit den Gewürzen. Sie schlappte aus ihren Schuhen heraus, als sie sich auf die Zehenspitzen stellte. Ihr fleckiger Arm griff nach einem Gewürz, bestimmt Petersilie, es war immer und überall zu viel Petersilie im Essen. Sie griff nach dem Döschen, doch es glitt ihr aus der Hand und knallte auf den Steinboden, rollte in meine Richtung. Ich ging in die Knie, um es aufzuheben, sah zu ihr auf. Wie im Gesicht meines Vaters konnte ich das Erkennen ablesen. Doch ihre Miene wurde nicht zu Stein, ihr Gesicht schloss nicht alle Türen und Fenster.

»Filla!«, keuchte sie und brach in Tränen aus.

15

Was einem keiner sagt, wovor einen keiner warnt, ist, dass alles nicht so einfach ist. Vom Ernst des Lebens hatte ich natürlich gehört, auch davon, dass man für seine Ziele arbeiten musste. Dass alles seinen Preis hat, wurde mir erklärt. Und den alten Männern in den Cafés, die davon zu berichten wussten, dass das Leben hart, früher alles einfacher gewesen und die Jugend vergänglich sei, hatte ich auch gelauscht. Nur hält man all dies selbstverständlich für Übertreibung, für ein Kokettieren, für die Schwäche der Einfältigen.

Dass ich selbst die Einfältige war, oder die Schwache, merkte ich frühestens am Flughafen in Deutschland, als ich feststellte, dass ich keins der Schilder lesen konnte, dass die paar Deutschstunden auf dem Gymnasium, freiwillige Nachmittagskurse, keinerlei Früchte getragen hatten. Spätestens aber merkte ich es, als ich vor der Tür unserer Verwandten stand, einer entfernten Cousine meiner Mutter, die wir der Einfachheit halber immer »die Tante aus Deutschland« nannten. Diese war nämlich alles andere als begeistert, mich mit Sack und Pack vor ihrem Haus zu finden. In den kommenden Tagen, in denen sie mir Unterschlupf gewährte, erfuhr ich auch, warum. Die Familie hatte sich von ihr abgewandt, als sie sich mit einem deutschen Künstler »eingelassen« hatte, ihr Vater enterbte sie, zumindest symbolisch, zu erben gab es nicht viel. Der Rest der Familie, meine Eltern eingeschlossen, ließ außer gelegentlichen Weihnachtsgrüßen nichts mehr von sich hören.

Das hatte den Vorteil, dass sie meinen Eltern nicht sagte, wo ich war und den Nachteil, dass ich schnell wieder ausziehen musste. Sie vermittelte mir den Gärtnereijob und einen Deutschkurs und ließ mich ziehen. Später berichtete sie meinen Eltern doch von mir, gab ihnen sogar meine Nummer. Meine Adresse wusste sie nicht. Zuerst rief meine Mutter mehrmals täglich an, dann nur noch wöchentlich und schließlich sprach sie mir alle paar Monate auf die Mailbox, gratulierte mir zum Studienplatz, fragte, wohin sie mein Geburtstagsgeschenk schicken sollte, berichtete von Nachbarn, Verwandten. Nach einem Jahr änderte sich der Ton der Nachrichten. Er war nun nicht mehr flehend, zärtlich, bittend. »Kind«, sagte sie, »es freut mich, dass es dir im Studium so gefällt. Es ist wirklich gut, dass du viele Freunde gefunden hast und dich bei den Deutschen so wohlfühlst!« Ich hielt diese Hirngespinste erst für einen Trick. Dann verstand ich. Sie traute mir nicht zu, dass ich selbstsüchtig handelte. Sie traute mir die Flucht nicht zu. Darum musste die Geschichte für sie diese sein: Ich hatte das kleine Dorf in Galicien verlassen, um der Wirtschaftskrise zu entkommen und in der großen weiten Welt Medizin zu studieren. Sie lobte meine vermeintlichen akademischen Erfolge, den Mut zur Berufswahl und wünschte mir schöne Erfahrungen »bei den Deutschen«. Sie stellte auch keine Fragen mehr am Telefon. Ihre Version der Geschichte musste unantastbar werden. Irgendwann löschte ich ihre Nachrichten ungehört, sie hallten trotzdem nach.

16

Der Schinken also. Die Schweine auf dem Hof meiner Eltern, immer nur zehn, fünfzehn Stück im Jahr, wurden gefüttert, verwöhnt, geschlachtet und zu Schinken verarbeitet. Obwohl ich als Kind mit ihnen spielte und besser wusste, wie sich ein borstiger Schweinerücken anfühlte als das Fell einer Katze, wurden sie erst zu einem Teil der Familie, wenn sie geschlachtet waren.

Der Schinken baumelte von der Decke in der Küche, neben der Lampe. Meine Eltern konnten sich die Küche vielleicht ohne Lampe vorstellen. Vielleicht sogar ohne den Steinofen, der zu jeder Tages- und Jahreszeit brannte, und das schon seit Generationen. Wenn es sein musste, sogar ohne Tisch und Eckbank, die mein Vater selbst gezimmert hatte. Aber nicht ohne Schinken. Der Schinken war allgegenwärtig. Manchmal hingen zehn Keulen über unseren Köpfen, manchmal nur eine. Aber der Schinken war immer da. Für seltene Gäste stieg mein Vater auf einen Stuhl und holte ein Prachtexemplar herunter, löste die Kordel von den Deckenbalken, hob den Schinken ächzend mit beiden Händen herab, damit der Besuch daran schnuppern konnte, die Haut auf- und abfahren. Dem Fleisch Ehre erweisen. Ein Stück probieren. Und noch eins. Pur, ohne Brot und Firlefanz. Der angeschnittene Schinken wurde gut verpackt, eingewickelt wie ein Baby und kam dann in den kühlen Keller. Mehrmals täglich wurde nach ihm gesehen. Ob er wohl auch richtig zugedeckt war? Die anderen Keulen warteten oben an der Decke auf ihren Einsatz, sie reiften weiter. Der Schinken schmeckte nach allem, was in dieser Küche vor sich ging. Er speicherte die Morgenluft, die seine Fasern trocknete. Den dampfenden Kartoffeleintopf, den meine Mutter stundenlang rührte. Die Zigaretten, die mein Vater heimlich in der Küche rauchte. Ein bisschen auch den Stallgeruch, der unvermeidlich hereinströmte. Der Schinken sammelte Abdrücke von alldem und von noch viel mehr, das Aroma war die Chronik eines Jahres. Was wir an diesem Abend in das Fleisch schrieben, war:

Das Salz der Tränen, die ohne Unterlass über das Gesicht meiner Mutter rannen. Selbst Stunden nach meiner Ankunft, nachdem der erste Schock vorüber war, die ersten Unterhaltungen geführt, konnte sie nicht aufhören zu weinen.

Der Gestank nach verbranntem Kartoffeleintopf – Mama hatte vergessen, dass sie Eintopf kochte – mit einem Hauch Petersilie, der zur Decke aufstieg.

Kein Zigarettenrauch. Mein Vater würdigte meine Rückkehr nicht damit, dass er sich etwaige Nervosität anmerken ließ.

Röstaroma, als die *cafetera* überlief und Kaffee in die Herdplatte brannte – Mama hatte vergessen, dass sie Kaffee kochte.

Die Frage »Wo bist du gewesen?«, die zwar immer nur gewispert wurde, aber das so oft, dass sie wie dichter Rauch unter der Decke hängen blieb und sich an die Keulen schmiegte.

Gedämpfte Flüche aus dem Stall, nachdem mein Vater wortlos drei Teller vom verbrannten Eintopf in sich hineingeschaufelt hatte.

Eine beißende Sherryfahne, als er wieder ins Haus zurückkam.

Mein eigener Geruch nach Flugzeug, nach Bus, nach der Fremde. Doch bestimmt war der Schinken gegen meine Aromen resistent, seine Poren schlossen sich, sobald ein Fremdkörper in ihn dringen wollte.

Wir gingen zu Bett, mein Zimmer lag unberührt da, wie eh und je. Das Bücherbord war unangetastet, ein rotes Lesezeichen steckte noch immer zwischen Seite 34 und 35 in meiner Ausgabe von *La Celestina*. Auf dem Fensterbrett stand ein Blumentopf, der vor weißen Blüten überquoll, ich kannte die Sorte nicht. Es sah ganz so aus, als würde hier jemand wohnen. Mein Bett hatte sich ebenfalls nicht verändert. Das Laken war an der Ecke zurückgeschlagen, ich musste nur noch hineinkriechen. Und zum ersten Mal an diesem Tag hatte ich selbst das Bedürfnis zu weinen. Während mich der Geruch von Stärke einlullte und ich langsam in den Schlaf glitt, lauschte ich dem Atem meiner Mutter vor der Tür, die sich davor fürchtete, dass ich wieder fortging.

17

Das Stockbett war der Ursprung allen Übels. Adela und ich schliefen zusammen in einem Zimmer, in jenem Stockbett. Und weil ich die Jüngere war, schlief ich unten. An Sonntagen ließ sie mich manchmal zu ihr herauf. Wir taten so, als ob wir schliefen, wenn meine Mutter noch einmal vor dem Zubettgehen zu uns hereinkam. Das Licht vom Spalt unter der Tür fächerte sich dann plötzlich auf und traf auf unsere zusammengekniffenen Augen. Trotzdem flüsterte sie uns »Gute Nacht« zu – ob sie wusste, dass wir nicht schliefen? Wir lauschten, wie sich ihre Schritte entfernten. Wenig später verklangen die gedämpften Stimmen des Fernsehers, und mein Vater stampfte die Treppe herauf. Seine Schritte hatten nichts mit denen meiner Mutter gemein, er trat nach jeder Stufe. Wenn das Haus endlich still war, begannen wir zu spielen. Ein Spiel hieß Lügentag. Eine von uns, meistens Adela, erzählte, was sie an diesem Tag gemacht hatte, und baute kleine Schwindeleien ein. Die Kunst dabei war, das Gleichgewicht von Lügen und Wahrheiten konstant zu halten. Adela gewann fast immer.

»Heute habe ich die *viúva* Soberano gesehen«, sagte sie zum Beispiel.

»Ja«, sagte ich, denn ich hatte sie auch gesehen.

Überhaupt war ich Adela den gesamten Tag nicht von der Seite gewichen und war sicher, jede ihrer Lügen zu entlarven.

»Sie hatte ein Kopftuch auf«, sprach Adela weiter, und ich sagte wieder »Ja«, denn ich hatte das Kopftuch gesehen.

»Und sie stand in ihrer Haustür und seufzte ›Ach Antonio, mein lieber, lieber Antonio‹.«

»Stimmt nicht, Lüge!«, rief ich.

»Doch, genau so ist es gewesen. Sie seufzte immer wieder seinen Namen und schloss leise die Tür.«

»Gar nicht, sie hat uns vom Fenster aus zugewinkt und ist wieder weg, ich hab es doch gesehen, Adela!«

Adela verzog das Gesicht. Ich konnte es nicht sehen, aber das tat sie immer. Sie zog eine Schnute, fast alle Sommersprossen rutschten Richtung Nase. Jetzt stritten wir uns ein paar Minuten. Irgendwann standen mir die Tränen in den Augen, ich wusste doch, dass ich recht hatte, ich hatte es genau gesehen. Ich wollte Adela zwicken, aber sie würde anfangen zu heulen und unsere Mutter aufwecken und das Spiel wäre vorbei. Adela prustete los, immer heftiger, sie schüttelte sich so sehr, dass das Bett anfing zu schwanken.

»Hör auf«, sagte ich, doch sie drehte ihr Gesicht nur zum Kissen und dämpfte ihr Japsen damit.

»Natürlich war es eine Lüge, aber du hast es fast geglaubt!«

Sie hatte sich wieder zu mir gedreht und schob ihre kalten Zehen unter meine Füße.

Ich zuckte zusammen: »Hab ich gar nicht.«

»Aber«, sagte Adela nach einer Weile, »meinst du, sie tut es?«

»Tut was?«

»Na, so an ihren Mann denken, so romantisch. Weil er doch tot ist.«

»Romantisch?«

Sie rückte ein Stück von mir ab und schwieg das überlegene Schweigen der Älteren, ließ mich allein in der Schwärze. Kein Streifen Mondschein schaffte es durch die Läden herein.

Ich hasste es, wenn ich für etwas zu klein war. Zu klein, um oben zu schlafen, zu klein, um Tagebuch zu schreiben, zu klein, um Kaffee zu trinken. Adela warf sich neben mir herum.

»Also, was ist jetzt mit der *viúva* Soberano?«, bohrte ich nach.

Mir war, als enthielte meine Schwester mir eine Weisheit vor, ohne die alles andere, was ich zu wissen glaubte, nur lose in meinem Kopf herumkullerte und ab und an schmerzhaft an meinen Schädel stieß. Doch Adela tat so, als ob sie schlief.

Je älter wir wurden, umso seltener wurden die Stockbettnächte zusammen. Auch die Spiele wurden weniger. Wer-hält-am-längsten-die-Luft-an gab es nur noch alle paar Wochen. Auch Welches-Kuscheltier-ist-das spielten wir selten. Am liebsten war Adela nun Fang, ein Spiel, das sie erfunden hatte. Es ging darum, dass sie ihre Kuscheltiere, Bücher, Kissen und Decke und zum Schluss sogar ihr Nachthemd auf mich nach unten warf. Natürlich konnte nur sie gewinnen.

In manchen Nächten zog sie die Leiter herauf, und auch wenn ich bettelte, ließ sie mich nicht zu ihr nach oben. Obwohl wir danach noch redeten, schmerzte das am meisten. Sie war so viel weiter weg.

Später kam ihr erstes Handy. Sie hatte es heimlich gekauft, meine Eltern durften nichts davon wissen. In einer der ersten Nächte sollte ich zu ihr nach oben klettern. Ich schwang mich über das Holzgitter und sah Adelas erwartungsvolles Gesicht grün erleuchtet von ihrem neuen Spielzeug. Sie zeigte mir das Handy, wir spielten ein Spiel, die Töne auf ganz leise gestellt. Das Handy blinkte zwischen unseren Fingern.

»Lass mich auch mal wieder«, sagte Adela und nahm es mir aus der Hand.

Sie gab mit den SMS von ihren Freunden an. Ich konnte nichts anfangen damit, dass diese und jene Freundin etwas über jemanden gesagt hatte. Aber ich nickte beständig, schließlich war ich wieder ganz oben angekommen, im Stockbett bei Adela, wo wir die Laken hissten und durch Sommergewitter segelten.

Ein paar Tage später zog sie die Leiter wieder nach oben und war nicht umzustimmen. Ich hörte sie kichern, wenn ihr Handy mit einer neuen Nachricht vibrierte.

»Wer schreibt dir denn?«

Aber auch dafür war ich zu klein.

Schließlich, als sie nicht einmal mehr Lügentag spielen wollte, verpetzte ich sie. Es war spät, meine Eltern schliefen schon. Ich schlich in ihr Zimmer, Adela merkte gar nicht, dass ich ging. Als ich die Tür öffnete, schoss meine Mutter in die Höhe.

»Was ist?«, zischte sie und warf einen nervösen Blick auf meinen schnarchenden Vater.

Schon bereute ich es, sie geweckt zu haben.

»Nichts«, sagte ich schnell, aber meine Mutter ließ nicht von mir ab, folgte mir in unser Zimmer.

Als sie Adela das leuchtende Ding aus der Hand riss, verzog meine Schwester ihr Gesicht, keine Sommersprosse war mehr zu sehen. Sie riss ihr Laken von der Matratze und packte ihr Kissen. Jetzt stampfte sie, ganz Vaters Tochter, die Treppe herunter und richtete sich ein Lager auf der Couch. Meine Mutter folgte ihr nach unten. Ich lief ihnen nach und sah, wie meine Mutter über Adelas Locken strich, leise Worte zu ihr sprach. Um die beiden, eben noch entzweit, jetzt inniglich vereint, gab es eine unsichtbare Grenze, einen Bannkreis. Sie war nicht zu übertreten, darum schlich ich zurück in unser – jetzt mein – Zimmer. So dunkel war es noch nie gewesen, hier im Stockbettzimmer. Ich lag die ganze Nacht wach. Die

Balken knarzten unheimlich, als wäre Adela noch immer da, jeden Moment konnte sie »Fang!« rufen und mir ihre Schmuseeule an den Kopf donnern. Die Sommergewitter müsste ich von nun an alleine bestreiten, unten, in meiner engen Koje. Und das Segel hatte sie mitgenommen.

Am nächsten Morgen zog Adela in die Kammer neben dem Zimmer meiner Eltern. Oma hatte bis zu ihrem Tod hier gelebt, die Möbel standen noch genauso wie damals. Adela pfiff vor sich hin, während sie die Schränke auswischte und geriet völlig aus dem Häuschen, als ihr meine Mutter erlaubte, die silberne Pillendose zu behalten, die sie im Schreibtisch fand. Stolz deponierte sie ihren Kaugummi darin. Gen Abend, nachdem sie ihre letzten Kleidungsstücke in Omas Schrank verstaut und die letzten Bleistiftlandschaften an die Wand gepinnt hatte, war sie fast versöhnt mit mir.

»Hier, nimm«, sie hielt mir ihre Kaugummidose hin, auf deren Deckel Maria Dolores eingraviert war. »Nimm ruhig zwei«, sagte sie großzügig.

Das schlaflose Stockbett ging an einen Onkel, dessen Frau Zwillinge bekommen hatte. Wir erfuhren nicht, wer oben schlafen durfte.

Mein Vater zimmerte mir ein neues Bett. Geheimnisvoll zwinkerte er mir zu, als er mich zum Schuppen führte. Ich staunte über die Bögen aus blank poliertem Holz, so anders als das zweckmäßige Stockbett. Mein Vater kratzte sich am Kopf und lächelte irgendwie peinlich berührt, als ich über das Kopfteil strich. Seine Hände waren fein, das fiel mir heute zum ersten Mal auf. Lange schmale Finger mit dreckigen Nägeln, aber eben doch fähig, ein so elegantes Möbelstück zu formen. Er kratzte sich noch eine Weile am Kopf, später ging er Richtung Stall davon und zog noch im Gehen die Arbeitshandschuhe aus der Blaumanntasche.

18

»Filla«, sagte meine Mutter, »ich muss dir etwas zeigen.«

Wir saßen in der Küche, wo der Schinken über unser Frühstück wachte. Sie ertränkte noch ein Stück Brot in der ersten Milch des Tages, frisch von der Kuh.

»Hm«, sagte ich und panschte in meiner eigenen Brotsuppe herum.

Sie lehnte sich zu mir über den Tisch, ihre knittrigen Arme ergeben von sich gestreckt.

»Ich habe nämlich etwas gefunden.«

Sie riss die Augen auf, das war ihr konspirativer Gesichtsausdruck, der sonst für die Weihnachtszeit reserviert war.

»Später, okay? Ich muss jetzt los«, sagte ich schnell.

Sofort ergraute das Gesicht meiner Mutter.

»Also nur ins Dorf«, verbesserte ich mich hastig.

Wie lange ich bleiben würde, hatten wir uns noch nicht zu fragen getraut.

»Was hast du denn vor?«, fragte sie.

»Ach, du weißt schon ...«

»Triffst du Sara?«

»Sara?«

»Na, Sara Castro, die Frau von Miguel Ferreira. Du hast doch gesagt, du bist ihr schon über den Weg gelaufen.«

»Den hat sie also geheiratet.«

Miguel Ferreira war ein schmächtiger Kerl, der kein *castelán* sprach, dafür aber, wenn man ihm glaubte, hervorragend mit seinen Pferden kommunizieren konnte.

»Na, Gratulation«, murmelte ich.

»Miguel ist ein ganz lieber Kerl, weißt du, sei nicht immer so abfällig. Er kommt manchmal vorbei und …«

»Ja, ist schon gut«, sagte ich und stand auf.

»Wann kommst du wieder?«, fragte meine Mutter, den Mund voller milchigem Matschbrot.

Jetzt, wo sie sich zusammengereimt hatte, ich würde bei Castro den Vormittag verbringen, war ihre Panik verschwunden.

»Nimm eine Jacke mit, die Morgen sind schon kalt«, rief sie mir nach.

Ich zog mir einen Strickpullover über, der ebenso wie meine Bettwäsche nach Stärke duftete. Darüber eine Regenjacke, die mir fast bis zu den Knien reichte. An der Haustür legte mir meine Mutter eine Hand auf die Schulter und ruckte mit ihrem Kopf zum Hof, wie ein verstörtes Huhn: »Meinst du nicht, du solltest …?«

Ich zog die Augenbrauen hoch: »Du hast ihn doch gesehen. Er ist es, der nicht redet.«

Sie nickte bedächtig und schluckte, man konnte deutlich ihren schlaffen Hals erzittern sehen. Ich ging nach draußen zum Schuppen und holte mein Fahrrad, rostiger denn je.

Im Sommer, als Adela starb, hatte ich den Weg durch den Wald gemieden. Auch Mateu fuhr lieber die längere Strecke, die Küste entlang, wo sich Finca an Finca drängte. Manche von ihnen so nah am Meer, wie Selbstmörder aufgereiht, um sich nacheinander in die Fluten zu stürzen. Als heute, auf dem Weg zum Strand, der Nebel mein Gesicht küsste, lenkte ich das Rad wie selbstverständlich auf den Waldweg. Sofort wurde es dunkler, der faulige Geruch von feuchtem Laub stieg zu mir auf. Bäume, deren Namen ich in der Schule gelernt und sofort wieder vergessen hatte, säumten den Weg. Viele davon nackt, wie Galgen. Mein Regenmantel kam mir nun lächerlich vor, wie sollte er mich vor irgendwas hier beschützen? Im Sommer wäre es hier anders, versuchte ich mein klopfendes Herz zu beruhigen. Es war anders.

Ich kann verstehen, dass Adela den Wald liebte. Dass sie den weichen Boden unter den Füßen brauchte, oft barfuß. Sie ließ sich eher vom Wald verletzen als andersherum. Sie brauchte die Stille, das Knacken von Ästen, manchmal Rascheln im Unterholz. Diesen kleinen Sprung, den der Magen macht, wenn man den schmalen Pfad am Ende der Biegung zu schnell hinunterläuft. Adela sehnte sich nach den Blättern, die sich im Spätsommer wie ein Teppich für sie auslegten und ihren Weg zwischen den Bäumen dämpften. Wollte sich am liebsten mit den Baumkronen im Wind wiegen. Ich glaube, sie brauchte das Gefühl, dass der Wald sie verschluckte, dass die Zweige und Äste hinter ihr zusammenfuhren und sie umschlossen. Ich glaube, dass sie nie so frei war wie dort.

Was ich nicht verstehen kann, sind die Nächte. Ich konnte mich dem Wald nicht einmal nähern, wenn es dunkel wurde. Die Schwärze, die in den Zweigen festhing, machte mir Angst. Die Kälte, die muffig aus dem feuchten Boden nach oben kroch. Die Geräusche, überall waren Geräusche, die man nicht zuordnen konnte. Woher kam das Knacken? War dort ein Tier, ein anderer Mensch, ein Geist? Und die Quelle, die offene Wunde des Waldes, aus der nachts schwarzes Blut sprudelte. Adela, was brauchtest du vom Wald bei Nacht?

19

Wie ist das fröhliche Familientreffen? Was machst du?

Strandurlaub.

Im November??

Kein großer Unterschied eigentlich. Was machst du?

Wir streichen die Küche. Violett. Wie geht's mit deinen Eltern?

Hat dich die Kotze inspiriert?

Er kotzt gar nicht mehr so viel. Du hattest recht, streicheln hilft. Wann kommst du wieder?

Mal sehen.

20

Am Abend war plötzlich Mateu da. Er saß auf der Eckbank in der Küche wie hingemalt, sein Platz in diesem Bild könnte kein anderer sein. Seine großen Hände umklammerten eine Tasse, aus der es dampfte. Mein Blick tastete sich an seinem blauen Hemd entlang, bis zu seinem Hals, weiter traute ich mich nicht.

»Hallo«, sagte ich zur Teetasse.

Aus dem Augenwinkel sah ich, dass er mir zunickte. Unsere Blicke durften sich nicht treffen, die Druckwelle würde das Fensterglas sprengen, unsere Trommelfelle zerfetzen, und die Kartoffeln auf dem Herd würden uns als heiße Geschosse um die Ohren fliegen.

»Hallo«, sagte ich noch einmal und drehte mich betont langsam zu meiner Mutter, die – auch ihr Platz könnte in diesem Bild nirgends sonst sein – am Herd lehnte.

»Wir haben Besuch«, informierte sie mich unnötigerweise und versuchte sich die roten Tupfen von den Wangen zu reiben. »Du warst lange unterwegs.«

»Ja«, sagte ich dümmlich, blieb mitten im Raum stehen und lauschte dem Echo meiner hohlen Stimme. »Kann ich dir beim Kochen helfen?«, fragte ich, aber meine Mutter schüttelte den Kopf.

Mein Vater schlurfte herein und setzte sich zu Mateu. Er zog ein Päckchen Tabak aus dem Blaumann und begann eine Zigarette zu drehen. Hilflos wandte ich mich wieder zu meiner Mutter, die geschäftig Gemüse schnitt.

»Soll ich den Schinken runterholen?«, fragte ich sie.

»Der ist nur für besondere Anlässe.«

Erschrocken drehte ich mich zu meinem Vater. Das war das Erste, was er direkt zu mir gesagt hatte. Er schaute seine Zigarette an, den Kopf geneigt, lichtes Haar, ein demütiger Mönch.

»Mateu kommt doch so oft vorbei, er hat den Schinken bestimmt schon satt«, sagte meine Mutter, ohne sich zu mir umzudrehen und mich aus meiner Starre zu erlösen.

»Ich glaube, ich sollte jetzt auch ...«, sagte Mateu.

»Unsinn«, brummte mein Vater und schob sich die Zigarette zwischen die Lippen, »du bleibst.«

Mateu kam also oft vorbei. Jetzt wagte ich doch einen Blick auf Mateus Gesicht. Aber er war immer noch derselbe, steile Nase, dunkle Augen, schwarzes Haar, derselbe Mateu, dem mein Vater angedroht hatte, ihn vom Hof zu jagen.

Meine Knie zitterten, ich setzte mich, brachte die gesamte Länge des Esstischs zwischen Mateu, meinen Vater und mich.

»Tisch decken!«, befahl meine Mutter, und ich sprang wieder hoch, unendlich froh, etwas in der Hand zu haben, was mich vom Denken abhielt, und auch über den harschen Ton meiner Mutter. Mit dieser tatkräftigen Irene konnte ich besser umgehen als mit der weichen, rührseligen Version meiner Mutter.

Als ich die Teller aus dem Schrank nahm, dachte ich nicht daran, wie ich mit Mateu auf den Felsen gesessen und er meine Hand genommen hatte. Ich erinnerte mich, während ich das Besteck arrangierte, nicht, wie er an Adelas Grab gestanden hatte, sein Gesicht toter als alle Leichen auf dem Friedhof zusammen. Die Servietten faltend, waren meine Gedanken nicht bei den vielen Nachmittagen, die wir draußen auf der Bank vor dem Haus verbracht hatten, er mit einem Buch in der Hand, das ihn bei einem

Nickerchen tarnte. Und als ich die Töpfe zum Tisch schleppte, tauchte nicht Mateu vor mir auf, wie ich ihn zum ersten Mal sah, als Adela Hand in Hand mit ihm von der Schule kam, wie sie beide auf mich zuschwebten, ganz weichgezeichnet im Mittagslicht.

Meine Mutter schaufelte Mateu mehr Kartoffeln auf den Teller.

»Du musst doch Hunger haben«, sagte sie zu ihm, und in meine Richtung: »Mateu ist jetzt bei der Polizei.«

Noch einmal musste ich kontrollieren, dass wirklich Mateu vor mir saß.

»Bei der Polizei?«, wiederholte ich ungläubig und starrte auf Mateus Stirn, als könne ich so erfahren, was dahinter vor sich ging. Bis gerade eben hatte ich das für eine ganze Menge gehalten. Komplexe Gedanken, geschickt verknotete Synapsen, große Pläne.

Er sah mich nicht an, nickte nur mit vollem Mund, ein Hamster, mit Hamsterbacken und einem Hamster-Polizistenhirn.

»So richtig mit Schießen und Blaulicht?«

Mein Vater grunzte abfällig. Dieses Grunzen hatte er normalerweise nur für Lokalpolitiker oder die alte Tante meiner Mutter übrig.

»Was denn sonst, Maria?«

»Interessant«, sagte ich und wandte mich meinem Teller zu.

Während meine Mutter Mateu in ein Gespräch über den Gesundheitszustand seines Vaters verwickelte – »Ach tatsächlich, das kann er schon wieder, ja toll!« –, hatte ich Zeit, ihn anzustarren. Und es war alles noch da. Der Bartschatten, das knittrige Hemd mit den losen Knöpfen, der Leberfleck in der Form von Kuba. Aber nun spannte sich die Brust breit zwischen seinen Schultern und sein Kiefer zermalmte das Fleisch mechanisch wie eine Schrottpresse. Er hatte überhaupt etwas Eckiges, sogar seine Frisur, scharfe Kanten. Bei der *Guardia* sahen sie alle so aus. Ob er wohl auch Verkehrskontrollen machte? Mateu in einem Strampler, wie er Schwarzfahrer herauswinkte und ihnen mit erhobenem Zeigefinger Strafzettel androhte. Ich lachte laut auf. Irritiert sah mich meine Mutter an. Hoffentlich ging es nicht noch immer um seine kranken Eltern. Auch Mateu sah mich an, sah mich richtig an, sodass ich im selben Moment einfror und überkochte.

»Du hast recht, Maria, das ist vielleicht wirklich etwas veraltet«, sagte meine Mutter beschwichtigend über irgendwas und legte meinem Vater das letzte Hühnerbein auf den Teller.

Nach dem Essen gab es Kaffee für die Frauen und Sherry für die Männer. Ungläubig beobachtete ich, wie Mateu und mein Vater scherzten. Ich verstand nicht, worum es ging. Aber es hatte wohl mit Korruption zu tun, Vater schlug sich auf die Schenkel vor Lachen. Meine Mutter nippte an ihrem Kaffee und strahlte Mateu an. Ihre Augen folgten aufgeweckt dem Gespräch der Männer, und ab und an lächelte sie zu mir hinüber. Ich entlockte meinem Vater ein weiteres missbilligendes Grunzen, als ich mir Sherry eingoss. Von Mateu gab es keinen Blick mehr. Mein Vater gähnte irgendwann und hakte die Daumen in die Hosenträger.

»Es wird Zeit«, beendete meine Mutter die Tischrunde sanft und begann abzuräumen.

Mein Vater bot Mateu noch eine Zigarette an. Dann klopfte er ihm auf die Schulter und brummte zum Abschied etwas Unverständliches, bevor er zum Rauchen nach draußen ging. Ehe ich mich's versah, stand ich mit Mateu im Flur, er angelte seine Jacke vom Haken.

»Danke fürs Kommen«, sagte ich leise.

Mateu schob seine viereckige Brust in die Jacke und zog den Reißverschluss zu bis zum Kinn.

Er sagte, »Ich wusste nicht, dass du hier sein würdest«, und ging.

21

MUTTER-DEUTSCH-DEUTSCH-MUTTER:

»Und dieses Deutschland ...?«

Liebe Tochter, ich kann mir unter diesem Land nichts vorstellen, würde aber gerne an deinem Leben teilhaben, bitte erzähl mir von der Zeit, in der du komplett aus meinem Leben verschwunden warst, damit ich diese schmerzhafte Lücke endlich schließen kann.

»Ganz okay, aber sehr schlechter Kaffee.«

Liebe Mutter, ich spüre deine Sorge, aber egal, was ich dir über meine Zeit in Deutschland erzählen könnte, es würde dich nur verletzen. Eine schöne Zeit ohne dich gehabt zu haben ebenso, wie dir vorzustellen, dass ich dort unglücklich war. Darum sage ich dir das Einzige, was dich nicht verletzt, weil es ein Kompliment an deine Kaffeekochkünste ist.

»Die Krankenhäuser sind dort bestimmt ganz anders.«

Liebe Tochter, ich habe über meine Cousine erfahren – die ich nicht beim Namen nennen will, weil wir sie aus unserer Familie gestrichen haben –, dass du Medizin studierst. Das bewundere ich, es ist mir aber zugleich fremd. Ich wusste nicht, dass du Ärztin werden willst und frage mich, wie mir das entgehen konnte. Aber das ist ein geachteter Beruf und von Deutschland erwarte ich hohe Standards in diesem Bereich, daher wäre ich stolz, dich in einem guten Krankenhaus zu wissen.

»Kann ich nicht so beurteilen.«

Liebe Mutter, ich kann das wirklich nicht beurteilen, da ich mein Studium abgebrochen und meinen Job im Krankenhaus verloren habe. Das möchte ich dir aber ungern sagen, weil ich Angst vor deiner Reaktion habe. Außerdem möchte ich Deutschland nicht über deine Heimat stellen und die Standards daher nicht vergleichen. In Spanien kann ich mich außerdem nur an das Krankenhaus erinnern, in dem Oma gestorben ist. Es war sehr weiß. In Deutschland sind die Krankenhäuser genauso weiß.

»Es muss dir jetzt ganz schön klein vorkommen, hier.«

Liebe Tochter, ich habe Angst, dass dir das Haus deiner Kindheit nicht mehr gefällt, dass du in der großen weiten Welt etwas kennengelernt hast, was dich dieses Haus verabscheuen lässt und dich von mir entfernt. Bitte sag etwas, das mir diese Angst nimmt, zur Not lüg mich an.

»Nein, nein, meine Wohnung in Deutschland ist viel kleiner.«

Liebe Mutter, meine Wohnung war zwar groß und hell und auch moderner als dieses Haus. Sie ist aber sehr leer, weil mein Freund mich verlassen hat und er fast alle Sachen aus der Wohnung mitnahm. Ich habe mich dort auch mit ihm oft sehr einsam gefühlt, obwohl wir einen Hund hatten. Die Wohnung riecht oft schlecht, weil der Hund überall hinmacht und sich übergibt. Das ist der Geruch meiner neuen Heimat geworden.

Hier fühle ich mich auch sehr einsam, obwohl es gut riecht, nach dir riecht, ich möchte aber nicht, dass du das weißt.

»Dann ist ja gut.«

Liebe Tochter, ich bin erleichtert, dass dieses Gespräch sich dem Ende zuneigt und wir uns jetzt wieder auf das Hier und Jetzt konzentrieren können. Mit dir über dieses Thema zu sprechen ist mir unangenehm und tut mir weh. Ich habe aber das Gefühl, ich kann mir jetzt besser vorstellen, wie dein Leben die letzten Jahre verlaufen ist. Das ist schön.

»Ja.«

Liebe Mutter, ich bin erleichtert, dass dieses Gespräch jetzt zu Ende ist. Ich habe das Gefühl, du kannst dir überhaupt nicht vorstellen, wie mein Leben in den letzten Jahren verlaufen ist. Das ist schön.

22

Der Sand wirkt wie zum Hineinsinken weich, aber er ist eine Farce. Zieht man die Schuhe aus, frisst sich der Strand zwischen die Zehen. Er verbündet sich mit dem Wind, der einem heimlich Krümel in die Tasche steckt, Korn um Korn in die Haare streut und einem frech das Gesicht einfriert. Adela steht an der Küste und lässt ihre Locken vom Wind davontragen. Es ist November. Regen peitscht ihr aus jeder Richtung entgegen, kitzelt ihre Sommersprossen. Ihr Blick wandert aufs Meer, heute fast schwarz, sucht dann das Felsengebiss ab.

Früher gab es hier weiß getünchte Ferienhäuser mit Erkern, die nachts über dem Wasser schwebten wie Lampions. Viele zerstörte das Wintermeer. Manche Ruine wurde von den Besitzern aufgegeben, abgetragen, bevor die Fluten sie dazu zwingen konnten.

Zwischen den Wellen schaukelt ein Bötchen. Es spuckt einen schwarzen, glitschigen Körper aus, einen Taucher. Adela sieht, wie seine Arme sich wie Schlangen durch die Wellen winden. Interessiert verfolgt sie, wie der Taucher eine Felsengruppe erreicht. Er zieht sich aus der Gischt und erklimmt die ersten Vorsprünge, er ist an Land ebenso flink wie im Wasser. Der schwarze Körper verschwindet in einem engen Spalt, wo sich zwei Steinblöcke aneinanderdrängen. Adela kann den Mann kaum erkennen, der Fels ist unter dem stahlgrauen Himmel fast so dunkel wie sein Neoprenanzug.

Ein *percebeiro*, freut sich Adela, als sie sieht, wie er einen Haken in den Spalt schlägt und sich ein Seil um den Bauch legt. Er lässt sich daran herab, hängt wie eine Spinne aus ihrem Netz in der Gischt und macht sich an der Felswand zu schaffen. Er erntet *percebes*, Adela mag sie nicht besonders, obwohl sie als Delikatesse gelten. Sie ekelt sich davor, die gekochten Krebse zu berühren. Den ziehharmonikaartigen Rumpf, die Haut ein enges Netz, wie der Beutel an einem Parfumflakon, von seinem stacheligen Kopf zu trennen. Wie Dinosaurierzehen, findet sie und will nicht das Fleisch aus ihnen saugen, nicht genüsslich schlürfen und schmatzen wie ihr Vater, der nicht genug von ihnen bekommen kann.

Parasiten, sagt sie sich, die dem Meer ein Schnippchen schlagen und die Felsen bewuchern. Eigentlich kann man den Klippen nur einen Gefallen tun, wenn man sie von den Schmarotzern befreit. Die Urzeitwürmer sind gegen alles gefeit, nur nicht gegen die Menschen, die finden, dass sie wie pures Meer schmecken. Wer an der Küste lebt, der braucht das Meer wohl nicht nur vor und um sich, der will Meer werden, denkt Adela, und eine vorwitzige Welle schafft es, ihre Schuhe zu durchnässen.

Adela sieht, wie der *percebeiro* sich Salzwasser aus dem Gesicht wischt. Immer wieder schlagen ihm mannshohe Wellen entgegen. Ungerührt gleitet er an seinem Seil noch tiefer herab.

Adela wirft einen Blick auf ihre Armbanduhr. Sie sollte schon längst zu Hause sein. Vater mag es nicht, wenn sie sich bei Sturmwarnung an der Küste herumtreibt, außerdem brennen ihre Füße vor Kälte. Sie schaut wieder zum Felsakrobaten, wie er den Steinkoloss absucht. Auch dein Urgroßvater, hört Adela ihre Mutter sagen, war *percebeiro*. Wenn er einen guten Tag hatte, gab es abends ein richtiges Festessen. Deine Urgroßmutter und deine Großmutter und ihre Geschwister aßen sich satt. Und was noch überblieb, verkaufte er, 50 Peseten das Kilo, hört Adela ihre Mutter schwärmen.

Der Taucher hängt nun, sein Seil um ein gezacktes Felshorn gewickelt. Er pendelt dort, scheint eine gute Stelle gefunden zu haben und rasiert die *percebes* nur so herunter, hackt in den Stein und verstaut die Krebse in einem Beutel an seiner Seite. Elegant weicht er einem Wasserstrom aus, der seine Knöchel verschlingen will, aber unverrichteter Dinge wieder zurückfällt in die Tiefe. *Percebeiros*, hört Adela ihren Vater sagen, das sind die wahren Helden. Echte Kerle, die noch was tun für ihr Geld. Adela sieht ihren Vater auf den Tisch hauen, wenn er das sagt, den Saft der Krebse noch um den Mund verschmiert. Gefährlich, antwortet er auf eine Frage, die niemand gestellt hat, ja natürlich. Aber die Männer, die seien ja schließlich nicht dumm. Geschickt, stark und mutig, wenn es darauf ankommt. Erfahren und vernünftig genug, im rechten Moment aufzuhören. Adela erinnert sich, wie ihr Vater sie erst ungläubig ansah und in schallendes Gelächter ausbrach, nein, nein, das ist keine Frauenarbeit, grunzte er und griff sich den letzten Wurm von Adelas Teller.

Der *percebeiro* untersucht jetzt den unteren Teil eines vorstehenden Plateaus. Er nimmt einen Pickel von seinem Gürtel und hackt damit auf die Plateauseite ein, doch vergebens. Noch ein paar Zentimeter weiter lehnt er sich nach vorn, immer tiefer. Der Ozean öffnet seinen Rachen und spuckt eine Wellenwand aus, die für ein paar Sekunden die gesamte Felsgruppe überrauscht. Adela presst ihre Augen fest zusammen, aber sie kann das Tosen der Fluten hören. Als sie sie wieder öffnet, baumelt zwischen den Zacken nur noch das Seil.

23

PERCEBES, nach Mª Irene Mariño García

Zutaten für vier Personen:
Ein Kilo *percebes*, die dicken, kurzen
Eine Handvoll Meersalz
Ein Lorbeerzweig

Zubereitung:
Die *percebes* in einen Liter sprudelndes Salzwasser geben.
Lorbeer hinzufügen. Eine Minute kochen lassen.
In ein Sieb abgießen und anrichten.

24

»Er ist nett, oder?«

»Wer?«

»Mateu natürlich.«

»Klar ist er nett.«

»Gut«, sagte Adela und zog die Knie Richtung Kinn, eine hektische Bewegung, als sei ihr gerade bewusst geworden, dass der Boden um mein Bett voller Schlangen war.

Ich legte mein Buch auf den Nachttisch. Adelas Haut bestand nur noch aus Sommersprossen. Einen Schlafanzug mit Punkten trug sie obendrein. Sie bemerkte meinen Blick und lächelte mir zu. Ihre Augen lagen tief in den Höhlen.

»Papa hasst ihn«, sagte sie, und ich wusste nicht, ob das Timbre ihrer Stimme Angst oder Freude ausdrückte.

»Er muss sich nur an ihn gewöhnen.«

»Glaubst du? Mateu kommt doch fast jeden Tag, gewöhnen könnte er sich da langsam.«

Sie lachte nervös.

»Seid ihr jetzt ein richtiges Paar?«

Der Spott blitzte aus ihren Augen.

»Wie das klingt ...«

»Sag doch«, drängte ich sie.

Dabei musste sie es mir nicht sagen. Ich konnte es aus allem, was sie tat, lesen. Angefangen damit, dass sie zurzeit eine halbe Stunde länger im Bad brauchte und dass sie meine Ohrringe nicht wieder hergab, kleine Mondsteine. Und daran, dass kein Nachmittag verging, ohne dass die beiden gemeinsam auf der Bank vor unserem Haus saßen. Adela lehnte dann an ihm, den Kopf an seiner Schulter, eine Mulde, die perfekt dafür gemacht war, ihre Locken kitzelten seine Nase. Ich sah es an der Art, wie Mateu ihre Stirn berührte, als wäre Adelas Haut aus Papier. Um die beiden flirrte die Luft, eine Erscheinung aus einer Parallelwelt, und ihre Bewegungen flossen aufeinander zu. Und zu guter Letzt erkannte ich es daran, wie sie sich küssten, wie er ihr Gesicht umfasste, als könnte es in seinen Händen zerbrechen, und wie ihre fliederfarbenen Augenlider dabei flatterten.

Adela betrachtete ihre Hände, die offen in ihrem Schoß lagen, und zuckte mit den Schultern. An den Handgelenken verästelte sich Schorf. Sommerschorf, vom Bäumeklettern. Ich griff nach ihrem knochigen Arm.

»Irgendwie glaub ich, dass ich's versauen werde«, flüsterte sie. »Es ist gruselig, wie sehr ich ihn mag. Und er ist so lieb zu mir und so schlau. Er will Physik studieren, weißt du ...«

»Du versaust es nicht«, sagte ich ihr und ich sagte es ihr noch dreimal, bis es ein bisschen half und sie lächelte.

»Schlafen?«, fragte ich.

Sie schüttelte den Kopf.

»Geht nicht«, murmelte sie.

»Warum?«

»Weiß nicht, schon eine Weile. Aber ich komme auch ganz gut ohne aus, hab ich festgestellt«, sagte sie. Dann las sie Bestürzung auf meinem Gesicht und lachte. »Keine Sorge, Maria. Ist doch gut, wenn der Tag etwas länger ist, dann hat man mehr Zeit.«

Sie strich mir übers Haar und stand auf, gähnte demonstrativ, die Arme weit ausgebreitet.

»Vielleicht schlaf ich auch sofort ein«, sagte sie.

Aber am nächsten Morgen waren die Schatten um ihre Augen noch tiefer geworden.

25

Dinge, die in meiner Familie viel zu oft gesagt werden:

Das haben wir immer schon so gemacht
Das haben wir nie so gemacht
Ich hab's dir doch gesagt

Dinge, die in meiner Familie viel zu selten gesagt werden:

Nein
Ja
Brauchst du Hilfe?

Dinge, die in meiner Familie nie gesagt werden,
aber von allen gedacht:

Es ist meine Schuld
Es ist ihre Schuld
Es ist egal

26

Was Eno wohl die ganze Zeit tat? Wie sie sich die Zeit vertrieb, während ich half, das Haus meiner Eltern winterfest zu machen? Wir trugen die Stühle aus dem Garten in den Keller, sortierten die gammligen Kartoffeln aus, und mein Vater kletterte auf dem Dach herum und klopfte den letzten Sturmschaden ab. Ob der Winter in Deutschland schon angekommen war? Bestimmt buk Eno Kekse in ihrer violetten Küche und Timo kochte ihr Kakao und sie schmusten vor dem Kamin. Selbstverständlich hatte Enos Wohnung keinen Kamin, aber wo sollte sie den Kakao mit einer Prise Zimt und Sahnehaube sonst in meiner Vorstellung schlürfen? Wenn ich im Bett lag, kribbelten meine Beine, brannten richtig, und in meinem Bauch stieg eine Blase auf, gleich würde ich aufspringen und mich auf den Weg Richtung Irgendwo machen. Aber das ging natürlich nicht. Mochten meine Beine noch so brennen und mein Bauch zerplatzen. Am Kamin war kein Platz für mich und in meiner Wohnung wartete nicht einmal mehr Hundekotze.

Meine Mutter machte immer wieder Anspielungen, sie habe mir etwas Wichtiges mitzuteilen. Sie riss die Augen weit auf, wenn sie Andeutungen fallen ließ, die ich misstrauisch beäugte und zu ignorieren suchte. Schließlich tappte ich in ihre Falle. Wir besserten an diesem Tag den Zaun aus, obwohl uns der Wind draußen nicht haben wollte. Ich stolperte ins Haus, die Glieder waren steif gefroren, erst auf der Treppe sackte das Blut in die Beine zurück.

Meine Mutter war einfach verschwunden, und ich war ein bisschen sauer, sie hatte doch nur schnell Handschuhe holen wollen. Die letzte halbe Stunde hatten der Wind und ich uns ohne sie mit Holzsplittern beschäftigt.

»Mama«, rief ich sie, aber es kam keine Antwort. In meinem Zimmer war sie nicht. Ich warf die Handschuhe aufs Bett und machte Fingergymnastik gegen die Brennnesselhände. Auch in der Küche fand ich sie nicht, und im Stall war mein Vater, lieber wäre ich durch ein Minenfeld gewandert, als dort nach ihr zu suchen. Adelas Zimmer hatte ich gemieden, so wie ich Adela in meinen Gedanken mied. Aber weder hier noch dort konnte ich ihr entkommen.

»Mama«, sagte ich ganz leise. Sie saß auf Adelas Decke, die perfekt glatt gezogen war. Wahrscheinlich machte sie das Bett jeden Tag, so wie sie meins die letzten fünf Jahre gemacht hatte. Sie saß da wie eine Puppe. Eigentlich starr, aber würde man sie in den Arm nehmen, wäre sie ganz weich und schlaff. Sie war eine Puppe, mit der lange niemand gespielt hatte, und von ihrem Haar müsste man zuerst den Staub pusten, bevor man sie zwischen die anderen Spielsachen setzte. Sie sah auf und mir entfuhr ein Seufzer der Erleichterung darüber, dass sie nicht weinte. Tatsächlich lächelte sie mich an und sprang auf, straffte die Decke und packte mich an der Schulter.

»Maria!«, zischte sie und zog mich mit sich. »Schau!«

Sie durchmaß die Kammer in wenigen Schritten und riss den Wandschrank auf. Wir starrten auf Adela, erhängt am Kleiderbügel. Da hing sie in ihrem blauen Sommerkleid, das einen Riss im Saum hatte, weil sie damit über einen Zaun geklettert war. Da baumelte sie in ihrer Lieblingsjeans. Weiter hinten hing eine unglückliche Adela in Rock und Bluse.

»Und?«

Erwartungsvoll schaute meine Mutter zu mir, ich glaube, sie hielt sogar die Luft an. Gerne hätte ich das gesagt, was sie erwartete, damit sie noch etwas länger so entschlossen aussähe. Aber ich wusste nicht, was sie meinte. Vielleicht hätte ich trotzdem irgendetwas sagen sollen, »toll« oder »Wie hast du das herausgefunden?« oder »Auf nach Narnia«, und sie hätte zufrieden meine Wange getätschelt. Doch ich schaute sie nur ratlos an.

»Der Rucksack, Maria, der Rucksack!«

Sie nickte mir aufmunternd zu. Ich fixierte die Hosen, die Pullover, das Kleid.

»Ich sehe keinen Rucksack«, sagte ich.

»Eben!«, rief meine Mutter. »Eben!«

Sie zog mich zum Bett. Wir setzten uns etwas zu nah nebeneinander, und sie sprach zu mir wie zu einem dummen Kind, ganz langsam und deutlich, damit ich es auch ja verstünde.

»Der grüne Rucksack ist nicht da. Er war immer in ihrem Schrank, aber er ist nicht da.«

»Aha«, sagte ich vorsichtig.

»Das heißt, er muss irgendwo anders sein, oder?«

»Irgendwie schon«, bestätigte ich.

»Eben!«, rief sie wieder. »Eben!«

Da ich nicht in den gleichen Freudentaumel verfiel wie sie, wurde sie misstrauisch.

»Verstehst du nicht, Maria?«, fragte sie.

»Nein, ehrlich gesagt nicht.«

Meine Mutter ergriff meine Unterarme.

»Sie hatte einen Plan, verstehst du? Adela wollte irgendwohin, hatte Gepäck für eine längere Reise dabei.«

Ich nickte und auch sie fing an zu nicken, ihr Puppenkopf wackelte. Erstaunt sah ich, wie Hoffnung in ihren Augen flackerte. Ich war versucht, einfach mitzuspielen, aus der Frage in ihrem Blick eine Antwort zu machen.

Stattdessen fragte ich: »Aber wieso hat man den Rucksack nicht gefunden?«

Meine Mutter wischte den Zweifel mit der Hand fort.

»Du weißt doch, wie die Polizei hier ist, alle unfähig. Die werden wohl ihre Brillen zu Hause vergessen haben, oder wir hätten sie damals mehr schmieren sollen«, sagte sie.

»Als Mateu hier zum Essen war, hast du die Polizei noch in höchsten Tönen gelobt«, gab ich zu bedenken.

Zornig sah sie mich an: »Mateu doch nicht. Was glaubst du denn, warum er da hin ist, der mischt den Laden ein wenig auf und schaut, dass die ihre Arbeit machen. Vielleicht rollen sie irgendwann Adelas Fall wieder auf, wer weiß. Aber darum geht es doch gar nicht, Maria, verstehst du nicht?«

Und weil das Flämmchen der Hoffnung in ihren Augen zu sterben drohte, nickte ich und rang mir sogar ein Lächeln ab. Meine Mutter seufzte zufrieden und sprang auf.

»Hoch mit dir, du zerknitterst die Decke!«

Ich erhob mich, und meine Mutter strich die Falten aus der Decke, die ebenso grün wie der Rucksack war, den ich damals aus Adelas Schrank mit nach Deutschland genommen hatte.

27

»Cooler Rucksack«, sagte Luis.

»Danke«, sagte ich.

Er deutete auf die Muschel, ein Bügelbild.

»Bist du den Jakobsweg gegangen?«

Ich nickte.

»Ja, ein paar Mal. Ist ehrlich gesagt nicht so weit von meinem Heimatdorf.«

»Stimmt, das hast du letztes Mal schon erwähnt. Ich habe es mir daheim auf der Karte angeschaut. Den Jakobsweg könntest du ja echt in ein paar Tagen schaffen von dort aus, oder?«

Eno, die mir gegenübersaß und so tat, als schriebe sie eine SMS, sah mich vielsagend an.

»Oh schön, dass du dir das gemerkt hast«, lächelte ich und goss Rotwein auf den Schreck.

Auch er trank noch etwas, das passierte nur selten. Wenn Luis betrunken war, führte er sich auf wie jemand, der einen Betrunkenen spielte, er sprach viel zu laut und lallte und machte koordiniert wirkende Torkelbewegungen.

»Ich würde den Weg auch gerne machen, aber mit dem Rad vielleicht ...«, meinte er, und der Wein oder etwas anderes färbte seine Wangen himbeerrosa.

»Oh, tolle Idee!«, schaltete sich Eno ein und hielt mich mit einem strengen Blick davon ab, etwas Dummes zu sagen. »Das könntet ihr ja für die nächsten Semesterferien anpeilen!«

»He, ich höre euch nicht Spanisch sprechen!«, schaltete sich die doofe Verena ein.

Die doofe Verena war immer zuerst am Stammtisch, trank einen BaKi oder KiBa, kicherte darüber, dass sie es jedes Mal anders sagte, und versuchte, ihre Verkrampftheit mit einem »Mir war heute mal danach« zu überspielen. Die doofe Verena schrieb nur Einsen in ihrem Romanistik-Studiengang und damit das so blieb, krallte sie sich jeden Muttersprachler, den sie kriegen konnte und verwickelte ihn in ein Gespräch über ihre Dackelzucht. Jeder Neuankömmling lernte zuerst »perro salchicha«, bevor er sich mit den anderen unterhalten durfte. Ich war ihr dankbar, denn die Abneigung gegenüber Verena war Enos und meine erste Gemeinsamkeit und ich hatte aufgehört, mich vor Enos Nebelhornstimme zu fürchten, wenn sie »die doofe Verena wieder« murmelte. Dafür, dass Verena Luis mochte und wohl auf jeden, der sich länger als drei Minuten mit ihm unterhielt, ihre Dackel hetzen wollte, war ich weniger dankbar. Luis war leider so nett, dass man nicht merkte, ob er nur aus bloßer Höflichkeit Interesse für einen entwickelte, nachfragte, zuhörte, Heimatstädte googelte. Vielleicht mochte er insgeheim auch Dackel, ich wusste, dass er einen Hund hatte.

»Gute Idee, ich hab nur noch ein paar Hausarbeiten anstehen, aber dann bin ich bereit«, sagte er zu mir auf Spanisch.

»Mittlerweile klingt das ganz schön gut«, antworteten ich und der Rotwein.

Der Farbton seiner Wangen ging jetzt eher Richtung Erdbeer. Ich sah auf, aber Eno war verschwunden. Und als ich den Blick das nächste Mal hob, war nicht einmal die doofe Verena mehr zugegen. Wir zahlten, und ich guckte verlegen auf meine Füße.

»Gute Nacht«, sagte ich und wollte Richtung Tür wanken.

Ich stolperte nach vorn, aber Luis fing mich auf. Seine Finger passten genau an meine Rippen und er hielt mich so fest, dass ich nicht mehr fallen konnte. Nur noch wir beide also.

28

Was meine Mutter glaubte, warum Adela mit vierzehn begann, in ihr Essen zu weinen:

Da gab es diese Lieblingssau, Romero hatten wir sie getauft. Ja, damals hatten die Säue noch Namen. Romero war ein ganz mickriges Ding. Wann das war? Na ja, vermutlich irgendwie um den Dreh, als Adela die Pocken hatte. Eben so ein Hautleiden, wie auch immer man das nennt. Das juckte furchtbar! Und die Arme durfte nicht in die Sonne, dabei war der Sommer so heiß. Da hat sie sich eben mit der einen Sau angefreundet und hat sie Romero genannt, komische Idee. Den ganzen Sommer hockte sie im Stall, hat dem Vieh manchmal sogar was vorgesungen, ohne Schuhe stand sie im Mist, Schweinedreck zwischen den Zehen, so kam sie mir erst mal nicht ins Haus. Und auch im Herbst, als sie schon längst wieder gesund war, ist sie noch jeden Tag in den Stall. Das Tier hat richtig geschrien, wenn sie wieder ging, und ich bin mir nicht sicher, ob sie manchmal sogar im Stall schlief. So ging das eine Weile. Aber die Zeit kommt einmal für jeden. Und auch bei Romero haben wir keine Ausnahme gemacht. Ein bisschen leid tat sie mir schon, also die Sau, aber so ist das eben, was sollten wir machen. Xocas kam, wie jedes Jahr, und holte die Schweine zum Schlachten ab. Nein, nein, das haben wir nicht mehr selber gemacht, das war uns irgendwann zu viel. Auch Adela muss das gewusst haben. Sie kam von der Schule wieder und ist in den Stall. Aber da war kein Romero mehr, und sie schoss heulend raus. Sie war kaum zu trösten.

Fleisch hat sie seitdem keins mehr angerührt, sie wollte nicht mal mehr unter dem Schinken sitzen. Die Arme, aber was soll man machen.

Was mein Vater glaubte, warum Adela mit vierzehn begann, in ihr Essen zu weinen:
Jeden Tag. Jeden verdammten Tag war er bei uns, dieser Kerl. Dürr wie ein Gerippe, grinste, den Bart trugen sie damals alle so. Der dachte, ich wüsste nicht, was die tun. Lässt er schnell ihre Hand los, der Spargel. Aber ich bin doch nicht blöd. War ja auch mal jung. Und Irene auch. Aber so wie die, da hätt mich Irenes Alter vom Hof gejagt, erschossen hätt er mich. Und dann gerade der, der kleine Abréu. Physik studieren wollte der. Wozu? Aber der Hof vom Vater taugte sowieso nichts mehr, runtergewirtschaftet hatte er den, kein Morgen fruchtbarer Acker mehr.

Ideen hatte er und sie glaubte ihm alles. Den Schinken rührte sie nicht mehr an und zog ein Gesicht, als wär sie auf einer Beerdigung, egal was Irene ihr vorsetzte, undankbares Gör. Hätten sie als Kind mehr mit anpacken lassen sollen, da hätte sie gewusst, was Arbeit bedeutet, aber zu spät. Da hätte sie sich nicht geziert und die *percebes* auf dem Teller gelassen. Zu spät nun. Der kleine Abréu tat auch so, als wär sie eine Prinzessin. Immerhin. Sie meinte wohl, sie muss aussehen wie die im Fernsehen. Andre Zeiten eben. Aber das war nichts für Adela. Die war aus andrem Holz. Und dass sie studieren muss, hat er ihr eingeredet. Nächte und Nächte hat sie am Schreibtisch gesessen. Das ist doch nichts Echtes, diese Bücher. Bisschen viel, das alles für sie.

Was ich glaubte, warum Adela mit vierzehn begann,
in ihr Essen zu weinen:
»Zu viel Petersilie?«, fragte unsere Mutter.

Adela sah sie an und ihre Hand zuckte zur Gabel. Dann fiel ihr das tote Schwein auf ihrem Teller wieder ein und sie ließ vom Besteck ab.

»Morgen schreiben wir Chemie, ich muss noch lernen«.

Mein Vater würgte ein Stück Brot herunter und knurrte: »Erst wird gegessen.«

Adela griff zaghaft nach der Gabel und hielt sie eine Weile von sich gestreckt. Sie pickte ein paar Kartoffeln auf, die vom Rand.

»Ich hab keinen Hunger«, sagte sie leise und wich ängstlich dem Blick meines Vaters aus.

»Iss jetzt«, presste er zwischen den Zähnen hervor, »deine Mutter hat sich viel Mühe gegeben.«

»Ach, lass doch, das war wirklich nicht ...«, setzte meine Mutter an, aber unter dem strengen Blick ihres Mannes erstarrte sie.

Adela schüttelte den Kopf. Mein Vater sprang so schnell auf, dass der Stuhl hinter ihm zu Boden ging.

Er brüllte: »Du isst das jetzt!«

»Iago«, rief meine Mutter.

Adela schüttelte weiter den Kopf, jetzt heftiger. Mein Vater lief um den Tisch zu ihr herum und packte sie an der Schulter, rüttelte daran. Jetzt sah sie ihn an.

»Nein«, sagte sie, »nein.«

Er holte aus und schlug ihr ins Gesicht, nicht fest, aber so, dass es klatschte.

»Iago«, murmelte meine Mutter immer wieder, noch lange nachdem Adela aus dem Zimmer gerannt und mein Vater schon längst wieder im Stall verschwunden war.

Was Adela glaubte, warum sie mit vierzehn begann, in ihr Essen zu weinen:

Die Schatten sind nicht wie die Menschen. Sie sind schneller, geschickter. Erst ist da nur ein Schatten, der sich durch die schräge Ritze über dem Fensterladen hereinzwängt, wo gerade noch Sonnenstrahlen waren. Man kann ihn noch eine Weile aufhalten, wenn man die Läden öffnet. So tritt das Licht ein, als wäre nichts gewesen, und der Schatten lauert im Hintergrund, bis seine Zeit gekommen ist. Er kriecht hervor, wenn sich die Sonne unachtsam fallen lässt, schafft es über das Fensterbrett hinein. Und wenn man jetzt die Läden schließt, schnappt die Falle zu. Der Schatten fühlt sich wohl hier, in der Dunkelheit. Er versteckt sich in der Schwärze, tut, als sei er aus demselben Stoff wie sie. Schon kann man sie nicht mehr voneinander trennen, Schwarz geht in Schwarz. Der Schatten ist nun in der Luft, liebkost deine Schulter, wispert dir ins Ohr, da hast du ihn schon eingeatmet. Er ist in deiner Nase, in deinen Lungen und ehe du dich's versiehst, fängt er an zu wachsen. Du atmest schwerer, denn der Schatten sitzt auf deiner Brust, und hältst du die Luft an, wächst er nur noch schneller. Dann sickert er in deine Haut. Genug, denkst du und machst das Nachtlicht an. Doch der Schatten ist schlau. Versuche nicht, ihn zu verscheuchen, du kannst nach ihm schlagen, die Lampe auf ihn richten. Er springt von Wand zu Wand, zerteilt sich, wird mächtiger. Hier, ein kleiner Schatten lauert vor der Tür, und da, ein Schattenstück am Vorhang, da, Schatten auf deiner Decke. Sie spüren dir nach, wenn du versuchst, in den Schlaf zu fliehen, und warten auf dich, in deinen Träumen. Erst wenn der Tag kommt, verschwinden sie ins Nichts. Und bleiben so lange fort, bis du dich wieder sicher fühlst. Bis du glaubst, dein Herz schlägt wieder frei. Dann legen sich die Schatten vor deine Füße, wenn du ins Haus gehst. Sie umfassen deine Handgelenke, wenn du nach der Gabel greifst, und sie folgen dir die Treppe hinauf, wenn du schlafen gehen willst. Schlaf nicht ein. Schlaf bloß nicht ein.

29

»Adela ist nicht da«, sagte ich, ohne von meinem Buch aufzusehen.

Dass Mateu vor mir stand, wusste ich auch so. Er ging, als würde er humpeln, zog ein Bein etwas nach. Vielleicht fand er das lässig, vielleicht hatte er sich verletzt. Aber so, wie er das Gras streifte, konnte man ihn schon von Weitem heranschlurfen hören.

Mateu sagte: »Oh, ach so«, und setzte sich neben mich. »Wir wollten uns bei der Eiche treffen«, informierte er mich unnötigerweise.

Sie trafen sich immer bei der Eiche, bei ihrer Eiche. Unter der Woche um vier, am Wochenende heimlich morgens. Sein Ellbogen stieß gegen meinen.

»'tschuldigung«, sagte er, als mir das Buch aus der Hand fiel.

Ich tauchte unter die Bank und hob es auf.

»Was liest du denn?«, fragte er.

»Nichts Besonderes.«

Ich presste meine Handfläche auf den Buchdeckel, damit er den Titel nicht sehen konnte.

»Für die Schule?«

»Nee, nur so.«

Wir schwiegen einen Augenblick, jeder hing seinen Gedanken nach.

»Wo ist denn Adela?«, fragte er schließlich.

»Wahrscheinlich im Wald«, meinte ich und fuhr über den Schriftzug *Corín Tellado* auf dem leinenen Buchrücken.

»Da war sie gestern auch«, sagte er.

Ich nickte und als ich merkte, dass er mich ansah, zuckte ich mit den Schultern. »Ein Naturkind eben.«

Er murmelte irgendwas und streckte seine Beine aus. Im Sommer schimmerten die Härchen, die seine Waden heraufkletterten, golden.

»Habt ihr euch gestritten?«, fragte ich.

»Wer?«

»Na, du und Adela.«

»Bist ganz schön neugierig.«

»Kann sein«, sagte ich und öffnete das Buch wieder.

Ich musste bestimmt zwei Minuten so tun, als würde ich lesen, bis er erneut ansetzte: »Ich mein nur, was macht sie denn da die ganze Zeit?«

Hilflos blickte er zu mir, ich lachte.

»Was soll sie da schon machen, Natur genießen, Ruhe und Frieden haben, mit den Vögeln sprechen ...«

Er presste die Lippen zusammen und kratzte sich am Nacken. Der Leberfleck, der wie Kuba aussah, rutschte hin und her.

»Ach komm«, sagte ich und legte meine Hand auf seine Schulter.

Das Buch fiel erneut auf die Erde. Diesmal kroch er unter die Bank und hob es auf. Meine Wangen fühlten sich zu heiß an, ich riss ihm das Buch aus der Hand.

»Ach Maria«, sagte er und stieß mich in die Seite.

»Bei dir steht vermutlich nur Calderón im Regal, schon klar«, nuschelte ich.

»Ich lese keine Romane, ich mag es nicht, wenn mich jemand anlügt«, sagte er und lächelte mich an.

»Sollen wir sie suchen?«, fragte ich. »Adela, meine ich.«

»Nee, die kommt schon wieder.«

Nur dass sie eben nicht wiederkam. Nicht an diesem Nachmittag, den Mateu und ich auf der Bank vor dem Haus verbrachten. Nicht an diesem Abend, an dem mein Vater das Abendessen nicht anrührte, da meine Mutter darauf bestanden hatte, dass Mateu blieb. Und auch nicht, als der Kaffee getrunken und alles abgewaschen war. Mein Vater war ins Wohnzimmer gegangen und schnarchte und grunzte abwechselnd, je nach Werbung-Nachrichten-Intervall. Meine Mutter, Mateu und ich saßen in der Küche.

»Es wird schon alles gut sein«, sagte Mateu, noch bevor jemand Sorgen geäußert hatte.

Noch bevor meine Mutter sagen konnte, was sie dachte: dass es spät war, dass es dunkel war, dass Adela schon seit Stunden nicht mehr an ihr Handy ging. Dass Adela ein hübsches Mädchen war, dass sie allein in einem dunklen Wald umherlief, dass es unvorhergesehene Ereignisse gab, Unfälle, Unwetter. All diese Sorgen fing Mateu auf, indem er die Hand meiner Mutter drückte. Auch ich entspannte mich etwas, bis ich sah, dass Mateus Karamellteint einen ungesunden weißen Überzug bekommen hatte und seine Oberlippe bebte.

30

Tagebücher zu lesen ist verboten. Sie brauchen kein Schloss, kein geheimes Versteck, keine Geheimsprache, um ihren Inhalt zu schützen. Der Anstand verbietet es, Tagebücher zu lesen. Allerdings verbietet es der Anstand auch, zu sterben, ohne sich zu verabschieden. Er verbietet es, kalt in einer dunklen Grube zu verschwinden, in einer Kiste aus Holz, die, obwohl sie so schrecklich eng ist, einen Widerhall erzeugt, sobald eine Handvoll Erde darauf fällt. Und noch eine und noch eine. Wie das Schlagen einer Turmuhr. Der Anstand verbietet es, einen mit Fragen zurückzulassen, Fragen wie Würmer, die einen zerfressen.

Daher schämte ich mich nicht, als ich nach Adelas Tod an ihren Schreibtisch ging und wie selbstverständlich ihr Tagebuch aus der Schublade nahm. Ich saß eine Weile davor, hielt das kleine Heftchen in den Händen wie eine Bibel. Ich schlug es auf, ein Eichenblatt fiel mir entgegen. Ich strich vorsichtig über die vordersten Seiten und blätterte bis zum ersten Eintrag. Zuerst traute ich mich kaum zu erfassen, was dort geschrieben stand. Ich besah die Tinte, blau, die sorgfältige Schrift, die winzigen, akkurat gereihten Buchstaben, das Datum, das jedem Eintrag vorangestellt war. Noch wagte ich nicht, den Sinn der Worte zu begreifen, besah *und, heute* oder *Maria* durch einen Tunnelblick, ohne Zusammenhang. Eine Handvoll Einträge lag vor mir und hätte ich diese gelesen, würde ich nie wieder Nachricht von Adela erhalten. Ich wollte mir ihre letzten Worte also gut einteilen, sie rationieren und mich vielleicht über Jahre hinweg an ihnen erfreuen. So würde ich in Nostalgie verfallen, wenn sie unseren gemeinsamen Tagesablauf beschrieb. Ich würde ein paar erlösende Tränen vergießen, sobald sie ihre Gefühle offen darlegte, und ich würde dankbar lächeln, bei jeder noch so kleinen Eigenart, die ich aus den verhakten Buchstaben lesen würde. Adelas Tagebuch würde meine Therapie sein. Den ersten Eintrag genehmigte ich mir sofort:

Morgen Mireilla 6,50 wiedergeben. Chemiebuch!!

Da dieser nichts hergab, las ich den nächsten:

Pedro, Mateu, Eva und Isabel. Vielleicht auch Sara.
Drei Uhr, 654 383 764.

Ich hangelte mich von Monat zu Monat, kam schließlich im November an. Aber nicht ein Eintrag, aus dem ich Trost ziehen konnte. Nur diese Alltags-Haikus, die niemandem nutzten. Schließlich, eine der letzten Notizen, eine neue Seite, kein Datum.

Ich denke oft an früher.

Die Tinte brannte sich in meine Netzhaut, ich riss diese Seite aus dem Buch und warf den sinnlosen Rest zurück in den Schreibtisch. Ganz klein faltete ich mein neues Mantra. In meiner Hosentasche wurde die Seite eine weitere Frage, die sich in mein Innerstes fraß.

31

»Wo bist du gewesen?«, presste meine Mutter hervor, den Kopf an Adelas Hals vergraben.

Adela stieß sie fort.

»Spazieren«, sagte sie und klopfte sich etwas Erde vom Pullover, sie rieselte zu einem kleinen Häuflein auf dem Küchenboden zusammen.

Jetzt war Mateu dran mit Umarmen. Doch im Gegensatz zu meiner Mutter ließ er sich nicht von Adela wegstoßen.

»Spazieren«, murmelte er in ihren Scheitel und hielt sie fest. »Den ganzen Tag?«

Adela konnte sich befreien und schob Mateu bestimmt von sich weg.

»Ist schön draußen, Sterne«, sagte sie und angelte ein Glas vom Regal.

Sie ging zum Wasserhahn und goss sich ein. Wir folgten ihren Bewegungen, als sei sie ein Geist. Sie schwebte vom Regal zum Tisch und trank gierig das Glas leer. Auch auf ihrer Wange klebte Erde.

»Ist dir was passiert?«

Mateu war jetzt hinter ihr und strich ihr die Erde vom Gesicht. Sie wischte ihn fort wie eine lästige Fliege.

»Ich sag doch, es ist alles in Ordnung!«

Meine Mutter konnte die Tränen nicht mehr zurückhalten.

»Ach Mama«, sagte Adela entnervt und sprang auf, um noch mehr Wasser zu trinken.

»Was ist mit deinen Armen passiert?«, fragte ich und deutete auf die roten Striemen.

»Ach«, sagte sie und leerte das nächste Glas, »hab mit einer Katze gespielt.« Sie rieb sich ausgiebig die Augen und meinte: »Ich bin müde.«

Mateu warf mir einen vielsagenden Blick zu, den auch Adela sah. Die Sommersprossen traten auf ihrer weißen Haut hervor, Warnfarben.

»Nacht«, fauchte sie und rannte nach oben.

32

Luis könnte mein Fahrrad reparieren, auf jeden Fall könnte er das. Aber mein Rad würde jetzt nicht kaputtgehen. Kein Platten, keine ausgehängte Kette, kein schleifendes Schutzblech. Er hatte das Rad nämlich zuvor so gründlich untersucht, dass jeder Patient im Krankenhaus neidisch wäre. Das tat man wohl als Elektrotechniker. Oder Ingenieur. Wenn ich das recht verstanden hatte, studierte er einen Kombistudiengang. Sogar mein Sattel fühlte sich irgendwie weicher an, zwei Stunden lang schon fuhr ich brav auf diesem wolkenweichen Sattel hinter Luis' Rücken her. Manchmal drehte er sich um, ob ich noch da war, aber den Rest der Zeit hatte ich bloß sein grün gestreiftes Funktionsshirt zwischen den Bäumen vor mir. Ich musste ihm nur folgen.

»Sind wir schon da?«, rief ich gegen den Fahrtwind an.

Luis verrenkte sich zu mir und nickte heftig, seine Nase war rot, aber nicht vor Kälte, seine zarte Haut konnte keinen Sonnenstrahl vertragen. Wer bekam denn im November Sonnenbrand? Ich grinste, er hörte auf in die Pedale zu treten und ließ sich zu mir abfallen.

»Es lohnt sich!«, versicherte er mir und schaute mitleidig auf meine Fäustlinge, mit denen ich kaum den Lenker fassen konnte.

Ich schüttelte den Kopf.

»Macht doch Spaß«, sagte ich.

Und es stimmte. Gut, meine Zehen spürte ich seit der letzten Kreuzung nicht mehr und Teile meines Gesichts fühlten sich nicht an, als würden sie zu mir gehören. Doch mit Luis zusammen gefriergetrocknet zu werden war schön. Er strahlte mich an und drehte sich dann wieder nach vorn. Ihn einzuholen war unmöglich, er fuhr jeden Tag acht Kilometer in die Uni und zurück, ich fuhr Bus. Außerdem waren meine Fahrradtaschen im Weg, redete ich mir ein. Die waren voller Picknickkram, Luis hatte sie gepackt. Er wollte unbedingt zu diesem tollen See, von dem ich noch nie gehört hatte. Und es musste jetzt sein.

Der Weg machte eine Biegung, und eine Gruppe Radfahrer kam uns mit einem Affenzahn entgegen, wir konnten gerade noch ausweichen und ich schlingerte gefährlich nah an einem Buschgerippe vorbei. Luis bremste ab und sah sich besorgt zu mir um.

»Alles okay?«, fragte er, und ich nickte. »Ach«, sagte Luis, weil er nicht richtig fluchen konnte, und fuhr weiter.

Nein wirklich, »Scheiße« kam in seinem Wortschatz nicht vor. Und er vermisste es auch nicht. Das Derbste, das er je gesagt hatte, war »Mist«, und ich zog ihn damit auf. »Mist, Mist, Mist«, rief er dann lachend und wurde rot. »Ich bin eben höflich«, meinte er. Was sollte man auch von jemandem erwarten, der im Musik-Leistungskurs gewesen war, den Unterschied zwischen Rosa und Pink kannte und dessen erster Hamster Calvin geheißen hatte, wie der Reformator, nicht wie der Comic. Comics hatte er auch keine gelesen, durfte er bestimmt nicht. Wenn Luis von seinen Eltern erzählte, klang es, als würde er über Lehrer sprechen oder entfernte Verwandte. Er nannte sie beim Vornamen – Siglinde und Ernst – und erklärte, wie viel sie ihm »beigebracht« hätten. Sie hatten ganze Arbeit geleistet. Er konnte außer Fahrräder reparieren und Picknicktaschen packen auch noch Dinge wie Small Talk, Suppe schöpfen, ohne zu kleckern, und er kannte alle Hauptstädte der Erde – wirklich alle!

Obwohl Eno ihn mir zu Beginn angedient hatte, sagte sie, sobald ich mit Luis zusammen war, dauernd, wie langweilig er sei. Ich schluckte das und beobachtete, ob sie recht hatte. Aber Luis war nicht langweilig. Er interessierte sich für vieles, hatte Freunde, Ideen, Wünsche. Er war nicht fad, er war stetig, er war ein Familienauto. Mit Automatik. Mir war es peinlich, dass ich ein Familienauto wollte, mich zurücklehnen, Komfort, Sicherheit. Ich versteckte Luis vor Eno und log, wenn sie mich nach ihm fragte, »Ach, den habe ich schon lange nicht mehr gesehen«. Wenn Luis nach Eno fragte, machte ich eine wegwerfende Handbewegung.

Irgendwann trafen sie doch aufeinander, als ich mit Luis Arm in Arm eisschleckenderweise in Enos Gegend flanierte. Das Risiko, Eno über den Weg zu laufen, war ich wegen des Schokoeis für 80 Cent pro Kugel eingegangen. Sie kam uns entgegen und verzog das Gesicht. Ich krallte mich an Luis' Arm fest. Er winkte freundlich, und sie blieb stehen. Luis übernahm den Small Talk, und als Eno nicht reagierte, fragte er »Wie läufts mit der Renaissance der Blumenzwiebel?« oder irgendetwas Ähnliches. Eno strahlte, denn er hatte den genauen Wortlaut ihres Doktorarbeitsthemas behalten. Die Worte sprudelten nur so aus ihr heraus und während sie mit Händen und Füßen erklärte, warum es gerade so oder so lief, nickte Luis diplomatisch. Stolz drückte ich seine Hand. Von da an duldete sie ihn auf ihrer Eno-Insel, solange sie weiterhin die Königin wäre.

Manchmal fragte ich mich, ob sie neidisch war. Ob, wenn sie einmal stillstand und ihre Fußkettchen aufhörten zu bimmeln, sie den Gedanken zuließ, dass sie das alles auch wollte. Einen Freund, der schön wie ein Bild war und immer die richtigen Dinge tat. Der wusste, dass man keine Pistazien mag und wie die entferntesten Tanten mit Vornamen hießen.

Ich konnte Eno nicht wirklich an meiner Stelle sehen, mit niedergeschlagenen Augen und unsicher klopfendem Herzen. Aber vielleicht konnte sie es. Denn oft gingen ihre Spitzen zu weit, lachte sie ein bisschen zu sehr darüber, wenn ich erzählte, dass Luis' lautes Schnarchen die Bilder von den Wänden schüttelte, und sie grinste hämisch, wenn er sich nicht meldete und ich mein Handydisplay anstarrte, als könne ich das Symbol eines kleinen Briefumschlags darauf einbrennen. Sie hatte sogar eine eigene Falte für uns. Man sollte nicht erkennen, dass sie ob unseres Glücks angespannt war, aber ihre ewige Sommerhaut warf an einer winzigen Stelle, zwischen dem rechten Mundwinkel und der Nase, ein Zelt auf, sobald sie den Namen Luis hörte.

Später, als dieser Tag am See längst Geschichte war, verschwand die Falte wieder und stattdessen verzog sich ihr Gesicht mitleidig, wie es sich gehörte, wenn ich von »uns« sprach. Aber es war ja ihre Vision, die da verblasste, wie sollte sie da nicht traurig sein.

Da ihn jeder mochte, war es unglaublich, dass er mich am liebsten mochte. Dass er mein Fahrrad reparierte und mit mir an den See fuhr. Ich heftete meinen Blick wieder an den grünen Streifenrücken. Kein Wunder, dass er nie fluchte.

Wir holperten weiter über einen Kieselweg, mein Fahrradlenker ratterte wie ein Presslufthammer. Zu sehr damit beschäftigt, nicht vom Rad zu fallen, merkte ich erst, dass wir da waren, als Luis eine Vollbremsung machte. Er hatte nicht zu viel versprochen. Seine rot gebrannten Wangen leuchteten mir erwartungsvoll entgegen. Ich kam neben ihm zum Stehen und staunte den grauen Wasserteppich an.

»Glaubst du, die Enten sterben im Winter?«, fragte ich.

Er lachte, keine Ahnung, warum.

Wir schoben unsere Räder bis zu einem Steg. In den winzigen Häusern um den See brannten keine Lichter und an den Streichholzbäumen hingen kaum Blätter. Wir waren die einzigen Menschen auf der Welt. Zufrieden kauten wir an unseren Käsebroten mit gefrorenen Tomaten.

»Im Sommer ist es total schön hier«, sagte er entschuldigend und massierte meine Eisklotzhand mit seinen warmen Fingern.

»Bestimmt«, sagte ich.

33

Mateu saß schon auf der Bank, als ich nach Hause kam. Früher hatten wir leicht zusammen dort Platz gehabt. Doch breitbeinig, wie er dasaß, kam ich nicht in Versuchung, mich zu ihm zu gesellen. Außerdem hatte sich etwas verändert, seit er zum Abendessen da gewesen war. Eine scharfe Falte stand jetzt über seiner Nase, Zorn oder Ekel? Man hätte meinen können, wir seien zum Duell verabredet, wie er mir mit verschränkten Armen entgegensah, ganz in Schwarz gekleidet, bis auf den roten Schal. Der Vorteil an diesem neuen, wütenden Mateu war, dass er mir ohne Probleme in die Augen schauen konnte. Der Nachteil war, dass sich auch bei mir etwas verändert hatte. Ich war weich wie Butter. Als ich ihn da so sitzen sah, ein schlechtes Abbild von früher, schnürte sich mir die Kehle zu. Ich lockerte den Schal etwas und öffnete den Reißverschluss meiner Jacke, eisige Luft sickerte zu meinem Herzen. Er stand auf, breitbeinig, und das Bild von ihm bei einer Verkehrskontrolle drängte sich mir erneut auf.

»Ich hab auf dich gewartet«, sagte er mit fester Stimme.

Es klang so, als habe er sich das vorher aufgeschrieben. Gleich würde er aus seiner Jackentasche ein Notizbuch ziehen und weiter vorlesen. Oder ein Klemmbrett. Er rieb sich die rote Nase. Der Nase war auch kalt, sie glänzte in seinem Gesicht wie eine gefrorene Erdbeere.

»Aha«, sagte ich und begann, von einem Fuß auf den anderen zu treten.

»Sollen wir reingehen?«, fragte ich dann, weil ich ihn das schon hundertmal in meinem Leben gefragt hatte.

»Nein«, sagte er und löste seine Arme aus der Verschränkung. »Es geht ganz schnell.«

Durch meinen Hals ging nun gerade noch genug Luft, um nicht umzukippen.

»Ah ja?«, fragte ich. »Hat das noch kurz Zeit?«

»Nein«, sagte er.

Ich lugte Richtung Stall. Stand mein Vater vielleicht draußen, um zu rauchen? Aber weder er noch meine Mutter waren irgendwo zu sehen.

»Okay, worum geht es?«, wollte ich wissen.

»Ich finde, du solltest verschwinden«, sagte er.

Sein Schal war verrutscht und ich sah seine wilden Bartstoppeln, pechschwarz.

»Jetzt also doch?«

»Ich meine, du sollst *wieder* verschwinden. Geh nach Deutschland oder egal wohin«, sagte er und spießte mich mit seinem Blick auf. So konnte er mich zappeln sehen.

»Aber ich bin doch gerade erst hergekommen. Ich hab mir noch keine Gedanken darüber gemacht, wann ich wieder gehe«, sagte ich lahm.

Sein Blick wurde keinen Deut milder.

»Geh und lass deinen Eltern ihren Frieden«, sagte er scharf.

Ich öffnete den Mund, um etwas zu sagen und schloss ihn dann wieder.

»Es ist besser für sie, glaub mir«, meinte er und legte den Kopf schräg, taxierte mich. Sah mich mitleidig an, als müsse er einem Verwirrten wieder auf den rechten Weg helfen.

»Woher willst du das denn wissen?«, fragte ich.

»Weil ich hier war«, sagte er schlicht. »Ich war hier und hab gesehen, wie sie sich langsam wieder erholen, wie es ihnen Tag für Tag etwas besser geht, und dann kommst du und bringst alles durcheinander.«

»Entschuldige mal, meine Mutter hat sich wahnsinnig gefreut darüber, dass ich wieder da bin.«

»Ja, natürlich. Und was war davor? Was meinst du, wie es ihr ging, beide Töchter weg. Eine tot, die andere auf dem Weg zur großen Karriere. Tolle Tochter, die nicht ein einziges Mal anruft.«

Er war jetzt sehr laut geworden und die Bartstoppeln zitterten, als er schluckte.

»Ja, wahrscheinlich. Meinst du, mir ist das leichtgefallen?«

»Scheinbar leichter, als hierzubleiben und das hier auszuhalten.« Er warf seinen Arm nach hinten und deutete auf unser Haus. »Die Trauer, die Leere. Die Tränen bei jedem Treffen. Aber es hat sich gelohnt, weißt du, nach ein paar Monaten ging es bergauf, jedes Jahr etwas besser. Sie haben akzeptiert, dass du nicht da bist, und dann tauchst du wieder auf.« Er warf mir einen vernichtenden Blick zu. »Ich bin geblieben, damals.«

Ich nickte. Er war geblieben. Und doch nicht mehr da.

Ich würde nach oben gehen und meine Sachen packen. Morgen würde ich in den Flieger steigen und meinen Eltern ihren Frieden lassen. Ich würde meine Eltern diesem neuen Mateu übergeben, diesem wütenden starken Mateu, den sie so sehr schätzten.

Mateu war noch nicht fertig: »Dass du dich überhaupt hierher traust!«

»Bitte was?«

Es war der erste Moment, in dem er unsicher wurde.

Vorsichtig musterte er mein Gesicht, fand wohl, wonach er gesucht hatte und murmelte: »Ist ja auch egal jetzt.«

34

Mateu saß schon auf der Bank, als ich nach Hause kam.

»Na?«, fragte er, ohne eine Antwort abzuwarten.

Ich warf meinen Rucksack vor uns ins Gras und ließ mich neben ihn fallen. In dieser Haltung hatte ich Nachmittag um Nachmittag verbracht, darum hätte ich die Augen schließen können, ich hätte trotzdem jedes Detail vor mir gesehen. Mateus nackte Füße vor uns im Gras. Seine langen Beine, von Flaum bedeckt. Die Hände, zufrieden über den Jeansshorts gefaltet. Ein Ellbogen, der nur Millimeter entfernt von meinem war, ein anderer Ellbogen, auf die blaue Armlehne der Bank gestützt. Ein Stück schwarzes T-Shirt. Mehr konnte ich aus dieser Perspektive nicht erkennen. Wenn ich mich ab und zu traute, zu ihm herüberzublinzeln, sah ich nur sein Kinn. Das machte nichts, ich kannte auch sein Gesicht in- und auswendig und wir redeten ohnehin zu viel, um uns anzusehen. Zuhören war wichtiger. So viel aufnehmen, wie ging, keinen Moment verpassen. Es war wichtig, wenn ein Rasenmäher aus Mateus Familiengeschichte ein Horrormärchen machte. Es war wichtig, dass das Geschirrklappern aus der Küche mein Schulgeplapper überdeckte. Es war wichtig, dass das Räuspern meines Vaters das sichere Zeichen war, Mateus Anekdote darüber, wie er als Kind gedacht hatte, Franco sei sein Großvater, auf morgen zu verschieben und ins Haus zu kommen. Es war wichtig, dass der Schrei einer Eule daran erinnerte, dass mein Vater sich vor Stunden vor der Haustür geräuspert hatte und Mateu nun wirklich gehen musste.

Hatten wir am Anfang noch ausschließlich über Adela geredet, war es umso merkwürdiger, dass wir stillschweigend beschlossen hatten, sie gar nicht mehr zu erwähnen, seit wir so viel Zeit miteinander verbrachten, während sie herumstreunte. Dabei saßen wir immer mit einer unsichtbaren Dritten auf der Bank, die weit mehr Platz einnahm als Mateu und ich. Wir wussten, dass es Unglück brachte, von Geistern zu reden. Wenn wir das Thema Adela doch einmal streiften, sprachen wir nur in den höchsten Tönen von ihr. Es war nicht mehr wie anfänglich, als Adela ihn mit nach Hause gebracht hatte und Mateu und ich uns ab und an gegen sie verbündeten, sie neckten, dass sie beim Klettern schon wieder eine Hose ruiniert hatte, oder darüber lachten, wie stolz sie auf ihre Mathenoten war. Wir diskutierten auch nicht mehr darüber, wie merkwürdig es war, dass sie so intensiv für Prüfungen lernte, oder wie müde sie ständig wirkte. Jetzt, da Adela ein unsichtbarer Gast war, sagten wir todernst Dinge wie »Oh ja, für diese Prüfung hat sie sich wirklich lange vorbereitet« oder »Stimmt, Rot steht ihr sehr gut«. Hätte Adela uns gehört, sie hätte sich kaputtgelacht. Doch wir sahen sie sehr selten, in letzter Zeit. Nicht dass es uns aufgefallen wäre. Man akzeptierte sie eher wie eine Wettererscheinung. Früher war sie der Regen gewesen, stürmisch und unablässlich. Jetzt war sie Morgennebel.

Die zweite unausgesprochene Regel war, dass Mateu, wenn sie doch auftauchte, sofort aufsprang und wie ein junger Hund auf sie zulief. Es hätte mich nicht gewundert, wäre er auch an ihr hochgesprungen. Und wir beide, auch das geschah, ohne dass Mateu und ich uns absprechen mussten, taten so, als seien wir nur zufällig aufeinandergetroffen, obwohl Mateu doch jeden Tag kam.

Einmal saßen Mateu und ich schon seit Stunden auf der Bank

und meine Mutter hatte uns Kaffee nach draußen gestellt. Mateu lachte über irgendetwas und schüttete sich Kaffee auf sein T-Shirt, er lachte noch mehr. Wir sahen Adela auf uns zukommen. Ich schaute sie zum ersten Mal seit Tagen wieder richtig an. Sie ging sehr schnell, barfuß, ihr blaues Kleid flatterte, als wäre sie unterwegs in einer höheren Mission. Als sie näher kam, wurde aus der Erscheinung eine ausgeblichene Version meiner Schwester, mit weißem Gesicht und kantigem Kiefer. Mateu sprang erwartungsvoll auf.

»Hallo«, rief sie freundlich und lief an uns vorbei nach oben.

Mateu riss die Augen auf und schaute mich an. Ich hob die Schultern. Er patschte auf dem Kaffeefleck an seinem Bauch herum und murmelte irgendwas, dann folgte er Adela.

Ein weiteres ungeschriebenes Gesetz war hinzugekommen. Jetzt ging er, bevor er sich zu mir auf die Bank setzte, zuerst in Adelas Zimmer und wartete dort mindestens eine halbe Stunde auf sie. Trotzdem sahen wir uns genauso oft wie vorher.

35

Seit Mateu und Adela sich kannten, machte er ihr kleine Geschenke. Viel mehr als die Dinge an sich zählte das Versteck. Denn das Versteck war es, was Adela zum Lachen brachte. Und Adelas Lachen war es, worauf es Mateu ankam. Einmal zauberte er eine Mohnblüte hinter Adelas Ohr hervor, der Mohn hätte schon längst verblüht sein müssen. Sie lachte. Ein anderes Mal kullerte ein glatter, runder Stein plötzlich aus ihrem Schuh. Sie lachte. Mateu liebte es, wenn sie lachte. Es kam aus den Tiefen ihres Bauches, schwoll an und lief dann über. Er liebte dieses Lachen so sehr, dass er es nicht einmal zu hören brauchte, um glücklich zu sein. Adela fand unter ihrem Kopfkissen einen Zettel mit einer jämmerlichen Strichzeichnung, zwei Krakelmännchen, die sich an den Händen hielten, Mateu und Adela. Sie lachte. Mateu wusste, dass sie lachen würde, und war glücklich.

Seit Adela und Mateu sich kannten, machte sie ihm ein einziges großes Geschenk: Sie blieb für ihn das Mädchen, das er liebte. Dieses Mädchen war stürmisch und küsste ihn überschwänglich. Selbst wenn es traurig war. Dieses Mädchen war lustig und lachte über seine Geschenke. Selbst wenn es dem Strichmännchen immer ähnlicher wurde. Dieses Mädchen war klug und ehrgeizig. Selbst wenn die Nacht es nicht schlafen ließ.

Sie scannte die Seiten der Schulbücher wie Beipackzettel. Nur die wichtigsten Informationen blieben hängen, die »Kontraindikationen«, die »sehr häufigen Nebenwirkungen«. Nach einmaligem

Lesen konnte sie wichtige Informationen behalten, bei mehrmaligem Lesen blieb auch der ganze Rest hängen. Kein fotografisches Gedächtnis zwar, aber nah dran. Wenn sie das Wissen akribisch auf Klausurblätter schrieb, Wort an Wort ihres Buchwissens unter Fragen aneinanderreihte, kam sie stets mit einem überlegenen Gesichtsausdruck nach Hause. Sie sagte nie, wie es ihr ergangen war, und die Überlegenheit wich schon nach ein paar Stunden einem besorgten Stirnrunzeln, manchmal sprang sie plötzlich auf und schlug das ein oder andere Detail nach, das ihrem Filter entgangen sein mochte. Wochen später lagen die Klausurenblätter mit Bestnote achtlos hingeworfen auf ihrem Schreibtisch.

»Toll!«, sagte meine Mutter.

Adela wich ihrer Hand aus, die ihr das Haar tätscheln wollte.

»Na!«, sagte meine Mutter.

Adelas Mund wurde schmal.

Dann sagte meine Mutter nichts mehr.

Adela auch nicht.

Mateu zog sie auf deswegen, kitzelte sie, bis sie die Klausuren herausgab. Sie prustete, das Gesicht feuerrot, und flehte um Erbarmen.

»Wieder sehr gut!«, rief Mateu triumphierend, wenn er ihr das Blatt aus der Hand riss.

Sie keuchte nur und winkte ab.

»Du kannst Richterin werden oder Ärztin oder Astronautin. Aber, ach bitte, werd nicht Astronautin!«, sagte Mateu, und Adela kam nicht umhin zu strahlen. Nur kurz, ganz kurz.

Danach wartete Adelas Gesicht wieder auf Sorgenfalten, die ihr die Bücher heute Nacht hineinmalen würden. Und in der nächsten Nacht. Und in der nächsten.

Mateu wusste davon nichts.

36

Manchmal, wenn er im Begriff war zu kommen, sah er so unglaublich alt aus. Seine weichen Züge verzerrten sich zu einer Maske der Verzweiflung. Ich zitterte noch lange, nachdem die Maske einem sanft-seligen Lächeln gewichen war und Luis keuchend über mein Haar strich.

»Ist ja gut«, sagte er wie zu einem verängstigten Tier, ich kämpfte mit der Übelkeit, »ist ja gut.«

Er zog mich an sich.

»Ist irgendwas?«, fragte er.

Zumindest am Anfang. Ich schüttelte den Kopf, irgendwann fragte er nicht mehr, lag neben mir, bestimmt zwanzig Zentimeter zwischen uns. Mir wurde elend. Und immer endete diese Szene gleich.

»Ich mach dir jetzt erst mal was Schönes«, sagte er, küsste mich auf die Stirn und lief in die Küche.

Ich hörte ihn Eier aufschlagen und kurz darauf wehte der Geruch heißen Fetts zu mir. Reglos lag ich unter der Decke, deren Schweißgeruch sich mit dem des Rühreis vermischte. Wenn wir miteinander schliefen, hatte ich nie Mateu vor Augen. Ein-, zweimal hatte ich es versucht, aber Mateus ernste, dunkle Züge ließen sich nicht über Luis' Gesicht legen. Und wenn Luis' Fingerspitzen an mir entlangglitten, kamen keine Erinnerungen an Mateus festen Griff hoch.

Luis kam wieder ans Bett, einen Teller, zwei Gabeln. Das Rührei rot besudelt.

»Spezialrührei«, verkündete er jedes Mal stolz und schob sich eine Gabel Ketchuppampe in den Mund.

Manchmal nahm ich auch eine Gabel, aber die meiste Zeit sah ich ihm beim Essen zu. Manchmal lächelte er mich zwischen zwei Bissen an, die makellose Haut ganz weich, ein Gesicht wie aus der Kinderschokolade-Werbung. Ein, zwei Gabeln blieben stets über.

»Willst du noch?«, fragte er.

Ich schüttelte den Kopf.

»Komm«, rief er, »komm«, und schüttete den roten Rest in den Hundenapf.

37

War früher nicht erst gestern? Jetzt ist Adela für immer neunzehn, und ich bin müde. Ich bin so müde, will meinen Kopf neben ihren auf das Kissen betten. Nur noch aufwachen, wenn der Regen anklopft oder der Wind versucht, ihn verärgert beiseitezuschieben. Aber neben Adela ist kein Platz, sie wollte mich nicht mitnehmen, sie wollte niemanden mitnehmen.

Ob sie sich wenigstens ein Stück von mir eingepackt hat, eine Erinnerung, eine schöne? Sorgfältig ausgewählt, gedreht und gewendet, sie auf Sprünge und Kratzer überprüft? Und hat sie sich den schönsten Moment genommen und - da Augenblicke nur als Erinnerungen makellos sind -die störenden Kanten abgeschliffen? Hat ihr Vergessen das Vergangene weich werden lassen? Bin ich in dieser Erinnerung auch etwas weicher? Vielleicht hat sie nicht alle Kanten abgerundet und auch ein paar meiner Fehler mitgenommen, die sie manchmal herauskramt und nachsichtig betrachtet, wie man ein Kind betrachtet, das nicht weiß, was es tut. Dafür, dass sie so viel von mir mitgenommen hat, kann ich mir sicher sein, dass sie diese Erinnerungen pflegt und schätzt?

Ich sorge mich um alles, was von ihr zurückgeblieben ist, hüte jeden Moment. Sortiere die aufblitzenden Erinnerungen, manchmal nach Gefühl, manchmal nach Farbe. Auch über die Erinnerungen an Mama und Papa wache ich. Papa hat nicht so ein gutes Gedächtnis. Und in Mamas Kopf ist alles weichgezeichnet. In meinem Kopf werden die Gedanken in einer neutralen Zone mumifiziert. Selbst die Momente mit Mateu bewahre ich, nur die wenigen Augenblicke, die Adela nicht selber mitgenommen hat. Das sind nicht viele. Und manche muss ich erst erfinden, bevor ich sie zwischen die anderen stellen kann. Nur: Was mein Kopf dazumalt, passt nicht zum Stil der Vergangenheit, grobe Striche, ein Neonklecks in einer Landschaftsaufnahme. Die Künstlerin in der Familie war immer sie.

38

Mateu und Adela küssen sich am Strand, die Wellen klatschen Beifall. Mateu zieht einen Ring aus der Tasche, den seiner verstorbenen Mutter, und steckt ihn Adela wortlos an den Finger. Die Sonne errötet und wendet sich ab. Adela errötet und nickt heftig, die beiden küssen sich erneut. Was Mateu nicht merkt, ist, dass Adelas Augen weit geöffnet und starr vor Schreck sind.

ODER: *Mateu hält Adela an der Hand, sie sitzen auf ihrem Bett. Adelas Bluse ist noch nicht wieder zugeknöpft, Mateu lässt ihre Hand los, um sein Hemd zu suchen. Als er sich wieder zu ihr setzt, schüttelt sie müde den Kopf, er nickt. Ein letztes Mal küsst er ihre Handgelenke und schließt leise die Tür.*

ODER: *Adela und Mateu schmieden Zukunftspläne. Adela ist der Amboss. Die Pläne werden weich vor Hitze, formen sich alle paar Sekunden neu und müssen im Feuer vergehen. Adela ist glücklich.*

ODER: *Mateu fährt mit einer weißen Kutsche vor, einhundert Tauben flattern aus seinem Zylinder. Adela kokettiert mit ihrem Schleier und klettert zu Mateu hinauf. Sie trinken Champagner. An der Wegbiegung wirft Adela ihr Bündel über die Schulter und hüpft aus der Kutsche, Mateu winkt.*

ODER: *Mateu und Adela üben ihren geheimen Handschlag. Dabei muss man sich auf die Zehenspitzen stellen und zirpen wie eine Grille. Mateu und Adela reiben ihre Flügel aneinander, Mateu sagt, dass er Adela nun alles beigebracht hat, was er weiß, und flattert in den Apfelbaum.*

ODER …

39

Meine Mutter war schon immer die heimliche Meisterin des geschickten Zermürbens. Ein Streit sah bei ihr so aus, dass jeder seine Gründe einmal aufzählen durfte, aber dann kam sie. Sie brachte wieder exakt dieselben Punkte an wie zu Beginn der Diskussion, manchmal gab sie sich nicht einmal Mühe, sie umzuformulieren. Von diesen unausgegorenen Phrasen ließ man sich einlullen. Und dann schnappte die Falle zu: Das Schlusswort erschlug einen förmlich. Mag sein, dass das Argument ein Allgemeinplatz war oder nur ein kleines bisschen schlauer als die anderen. Aber es war neu und durchbrach den hypnotischen Zustand, in den meine Mutter einen geredet hatte. Mit dieser Strategie fuhr sie mehr oder weniger gut. Das Ergebnis war entweder ein Einlenken der anderen Partei (Adela, ich) oder ein wütendes Aus-dem-Raum-Stürmen (mein Vater). Mit dieser Methode hatte sie schon zahlreiche Schlachten gewonnen, darunter einen Erbstreit (»Großmutter hätte das so gewollt«), einen Elternabend (»Englisch braucht sie doch nie«) und die ein oder andere Partie Karten (»Ich kenne dieses Spiel mit einer Karte mehr«).

Doch diesmal ging es nicht um Großmutters Silberbesteck oder ein schlechtes Blatt auf der Hand. Es galt, nicht nur mich, sondern auch sie von einem geplanten Verschwinden Adelas zu überzeugen. Sich selber hielt meine Mutter offenbar für weniger naiv als mich. Darum fuhr sie schwere Geschütze auf und spulte seit Tagen die gleichen Sätze ab. Obwohl ich nie gegen ihre Version protestiert hatte – ich war ausreichend zermürbt –, machte sie immer weiter.

»Und ein paar Wochen davor war sie ja noch beim Friseur«, sagte sie zum Beispiel, während sie aus einer Schachtel mit Knöpfen den größten hervorkramte.

Diese Redepausen waren mein Stichwort. Ich sollte nicken, damit sie mit dem nächsten Beweis fortfahren konnte.

»Die ganzen Bewerbungen, die sie abgeschickt hat, es kamen ja noch Wochen später Zusagen!«, rief sie und schnitt Zwirn ab.

Nicken meinerseits. Dann folgte stets ein Loblied auf Adela. Jede ihrer Eigenschaften musste ich bestätigen. Dafür reichte es nicht, nur zu nicken. Jetzt musste ich auch »Hm« murmeln oder zumindest innehalten, was auch immer ich tat. Gespannt war ich auf ihr letztes Argument, den Hammer. Vielleicht hoffte ich insgeheim, dass sie mich wirklich überzeugen würde. Ein bisschen kam ich mir vor wie in einer guten Stube des Mittelalters. Meine Mutter und ich wären Bedienstete eines reichen Hauses oder vielleicht sogar Zofen, die die Handarbeit für ihre Herrinnen verrichteten. Unsere Männer wären im Krieg oder auf See. Und keiner von uns wüsste, wann sie zurückkämen, und daher spönnen wir immer neue Mythen um ihre Heldentaten. Das Feuer prasselte gemütlich im Ofen, und in Gewitternächten fänden wir Trost in unserer geteilten Einsamkeit und schlügen bei jedem Blitz das Kreuz.

»Hm«, sagte ich. Mutter hatte gerade Adelas Intelligenz und Empfindsamkeit hervorgehoben. Ich wartete auf den nächsten Beweis dafür, dass Adela einen Plan gehabt hatte, da kam mein Vater in die Küche. Er schnappte sich ein *Polvorón* vom Küchentisch und staubte es in sich hinein, nahm sich kaum Zeit, es auszupacken. Die Weihnachtsstimmung, die meine Mutter mit ihrem Naschteller verbreiten wollte, kam für mich nicht so recht auf. Ich grinste, das Kinn meines Vaters war mit einem weißen Pulverbart bedeckt. Er sah zu mir, stutzte, und seine Mundwinkel zuckten. Er wischte sich das Kinn ab und setzte sich auf die Eckbank, um eine Zigarette zu drehen.

»Jedenfalls, das war so«, murmelte meine Mutter und fädelte den Zwirn blitzschnell in das Nadelöhr.

Ich wollte meine Mutter wieder auf Kurs bringen.

»Ja, und der Rucksack«, sagte ich.

Meine Mutter schwieg.

»Der Rucksack, den Adela mitgenommen hat, auf ihre Reise«, sagte ich und sah zu meiner Mutter.

Sie wirkte sehr konzentriert, während sie den Knopf auf die Jeans drückte.

»Wieso der Rucksack?«, fragte mein Vater.

»Adela hat ihren Rucksack mitgenommen«, sagte ich und fokussierte nun meinerseits furchtbar konzentriert den Knopf.

»Irene«, sagte mein Vater scharf.

Meine Mutter blickte nicht von ihrem Nähzeug auf.

»Irene, nicht schon wieder«, sagte er.

»Was ...?«, setzte ich an.

Aber mein Vater starrte nur auf meine Mutter. Sie hob den Kopf langsam und ihre Augen huschten hin und her.

»Ich sag ja nur«, meinte sie leise, und unter dem zornigen Blick meines Vaters sah sie zunehmend schuldbewusster aus.

»Irene!«, knurrte mein Vater. »Das Thema ist abgeschlossen.«

Sie sah wieder auf ihr Nähzeug, und ein paar Minuten war nur das Rascheln von Zigarettenpapier zu hören.

»Ich sage ja nur, dass das alles keinen Sinn ergibt«, wisperte meine Mutter.

Mein Vater atmete aus, sehr lange und sehr laut.

»Hör endlich auf damit, du machst mich wahnsinnig und dich auch!«, fuhr er sie an.

»*Du* musst aufhören!«, schrie meine Mutter.

Ich hatte sie noch nie schreien gehört. Nicht einmal, als Adela den Schweinen Schokolade gegeben hatte. Sie war aufgestanden, die Hose war auf den Boden gefallen, der Knopf auch. Ihre linke Hand war zur Faust geballt, in der rechten hielt sie noch immer die Nadel. Auf ihrer Stirn pulsierte eine Vene, die ich noch nie zuvor bemerkt hatte.

»Das hat doch alles keinen Sinn«, sagte sie wieder. »Warum sollte sie so etwas tun! Sie hatte doch alles!«

Ihre Stimme rutschte immer weiter nach oben, wo die Luft ganz dünn wurde und es kein Echo gab. Die meines Vaters hingegen war im Keller gelandet.

Er donnerte: »Das haben wir schon hundertmal besprochen, lass das endlich sein, davon wird sie auch nicht wieder lebendig.«

»Nein, Iago, ich kann's nicht lassen. Ich muss es verstehen, warum hat sie das getan? Wir haben ihr doch alles gegeben, sie war glücklich, und Mateu …«

Sie verstummte. Das war es also, Mateu war ihr letztes Argument. Das, was zwischen Adela und dem Tode gestanden hatte, was stärker sein sollte als alle Familienbande und Mutterliebe. Mir wurde übel.

40

Raucher müsste man sein. Wohin sollen sonst die Hände, wenn sie zu Ende geschüttelt sind, was tun mit dem Mund, wenn er ausgelächelt hat? Die Antwort servierte mir Luis' Mutter Sekunden später auf einem geblümten Teller. Ein viereckiges Kuchenstück, so symmetrisch, dass selbst meinem Mathelehrer die Augen geschmerzt hätten.

»Selbst gemacht?«, fragte Luis.

Vermutlich hätte ich das fragen sollen, denn seine Mutter lächelte ihrem schokoladeverschmierten Sohn so glückselig zu, als habe er sie gebeten, wieder zurück in ihren wärmenden Uterus kriechen zu dürfen.

»Wirklich sehr lecker«, sagte ich und ertappte mich dabei, dass das keine Lüge war.

Der Kuchen schmeckte wie Schäfchenwolken aus Schokolade. Fünf Bissen peinliches Schweigen später war der Teller leer. Luis' Mutter lächelte bescheiden und stocherte in ihrem eigenen Stück herum.

»Schön, dass ich dich endlich mal kennenlerne«, sagte sie und nippte an einer geblümten Tasse.

Ich nickte übertrieben, Schleudertrauma. Luis drückte meine Hand, es gestaltete sich schwierig, so ein weiteres Stück Schokowolke aufzuspießen. Daher musterte ich das Wohnzimmer. Möbelhausmöbel und Möbelhausbilder, ein Glaube-Liebe-Hoffnung-Schriftzug am Fenster. Die Wohnung war gut zwanzig Jahre zu alt für Luis' Mutter, die darauf bestand, dass ich sie Siglinde nennen sollte. Auch Siglindes Outfit war zu alt für sie, die kaum fünfzig war. Ihr Häkeljäckchen saß stramm am Busen und schlabberte an den Schultern, das angegraute Haar wurde von einer lächerlichen rosa Tüllschleife zum Pferdeschwanz gefesselt. Zartes Make-up rettete das Bild einer attraktiven Frau.

»Schön hast du's hier«, sagte ich schnell, damit Luis mir nicht wieder zuvorkäme.

Der drückte noch einmal meine Hand.

»Ja, vor Kurzem renoviert«, lächelte sie wieder dieses kleine, bescheidene Lächeln und nahm einen Happen Kuchen.

Luis lud mir ein zweites Stück auf den Teller, klatschte es auf die goldgerandeten Blumen. Es wäre wohl unhöflich, jetzt mein Handy zu zücken, doch wir mussten schon seit Stunden hier sein, und weit und breit konnte ich keine Uhr entdecken.

»Oh, möchtest du es genauer sehen?«, missdeutete Siglinde meinen suchenden Blick und stand auf, um zur Anrichte zu gehen.

»Luis hat dir bestimmt schon davon erzählt?«, fragte sie in meine Richtung.

»Ach komm«, er ließ meine Hand los, »lass doch.«

Siglinde kehrte an den Tisch zurück und platzierte einen Pokal auf der Spitzendecke.

»Physikolympiade, erster Platz, gerade mal sechzehn war er da«, erzählte sie und strahlte Luis an.

Er scharrte mit den Füßen, aber in die Dielen konnte er sich nicht eingraben.

»Willst du nicht deinen Kuchen essen?«, fragte Luis.

Ich musterte ihn, wie er da mit Hemd und Jeans saß wie ein Konfirmandenknabe. Er trug sonst nie Hemden. Die rosigen Wangen glichen den Farbakzenten der Raufasertapete. Von unten herauf sah er mich an. Er schämte sich nicht dafür, dass seine Mutter ihn lobte. Er schämte sich für mich, die ich als einzige offizielle Auszeichnung die Urkunde einer Tierschau vorweisen konnte, bei der ich meinem Vater ausgebüxt und auf die Kälberwaage geklettert war. 19,8 Kilo, Milchkalb, stand da. Adela zog mich noch Jahre später damit auf.

Siglinde hatte indes eine Reihe an Pokalen, Medaillen und Firlefanz vor mir aufgebaut. Eine kleine Streber-Stadt.

»Das ist vom Windsurfen, das macht er ja jetzt nicht mehr …«

Sie arrangierte die Figuren um und berührte sie dabei vorsichtig, keine Erinnerung durfte einen Kratzer erhalten. Luis scharrte weiter die Dielen wund. Ob sie wohl aufhören würde, wenn ich aufspränge und laut »Gekauft!« riefe? Oder bestünde sie darauf, dass ich erst noch sein Gebiss unter die Lupe nahm?

»Was ist denn los?«, hielt Siglinde inne, in der Linken eine Medaille für die Müllsammelaktion Schleswig-Holstein Süd, die Rechte noch einmal nach dem silbernen Surfbrett ausgestreckt.

»Mama, mir ist das unangenehm«, murmelte Luis.

Ein Lachen entfuhr mir, das beide ignorierten. Siglinde erhob sich und dekorierte Luis' Kindheit zurück auf die Anrichte.

»Jetzt soll Maria noch was von sich erzählen, du studierst Medizin, richtig?«, fragte sie und lächelte mich über ihre Tasse hinweg an.

»Hab ich«, versuchte ich auszuweichen.

Luis' Füße schienen nun auf die Dielen geklebt.

»Ah, ach so, habe ich das falsch verstanden? Luis meinte so was …«

»Ich hab abgebrochen«, sagte ich.

»Vielleicht macht sie später weiter«, sagte Luis schnell.

»Eher nicht«, sagte ich bestimmt und sah ihn bestürzt an.

Seine Ohren waren feuerrot.

»Du brauchst eine Pause, das kenn ich«, sagte Siglinde.

»Ja, so etwas in der Art«, sagte ich. »Überhaupt weiß ich nicht, ob das so das Richtige für mich ist.«

Siglinde nickte und starrte dabei ins Leere.

»Ich glaube, ich sollte mal nach dem Hund schauen ...«, sagte ich vorsichtig.

Sie schrak hoch.

»Der Hund? Habt ihr ihn etwa dabei?«

Siglinde hasste Hunde. Laut Luis war das auch einer der Gründe, warum seine Eltern sich getrennt hatten. Zuerst hatte Siglinde vorgegeben, eine Hundehaarallergie zu haben, dann beschlossen, dass ein Hund wegen der Kinder zu gefährlich sei. Danach waren ihr wohl die Ideen ausgegangen, denn Ernst kaufte sich einen Hund. Wieso es ausgerechnet dieser Hund hatte sein müssen, war mir ein Rätsel. Ich wusste gar nicht, dass man für solche Hunde Geld bezahlte, aus dem Tierheim hatte er ihn nicht. Er leugnete auch, ihn auf der Straße gefunden, einem Obdachlosen gestohlen oder ihn in einem zwielichtigen Etablissement beim Poker gewonnen zu haben. Vielleicht wollte er nur die Scheidung vorantreiben. Wenn der Hund nicht die Ursache dafür war, dann sicher Katalysator für einen Blitzprozess.

Luis und sein Vater fanden, dass der Hund kuschelweich war und niedlich. Dass es gut war, dass er schwerhörig war, weil er nie bellte, dass es gut war, dass er nie bellte, weil das die Nachbarn nicht störte, und dass die Nachbarn grausam seien, wenn sie sich über Hundekot und Hundekotze im Treppenhaus beschwerten. Luis meinte, als Kind sei seine Mutter von einem Hund gebissen worden und gebe nicht zu, dass sie Angst habe. Ich glaubte, dass ein Hund in dieser Wohnung ebenso fehl am Platz war wie ein Nilpferd. Es sei denn, er wäre aus Porzellan.

Ich stellte mir Siglinde vor, wie sie morgens von einem Würgen aufgeweckt wurde und schon wusste, was ihr in der Badewanne blühte. Ich stellte mir vor, wie sie den Hund immer weit auf Abstand an der Leine nach draußen führte in der Hoffnung, er würde sein Geschäft erledigen, und er dann in ihre Tulpen kotzte. Wie sie nachts hochschreckte und an einen Einbrecher dachte, dann feststellte, dass es nur der Hund war, der sie eigentlich vor Einbrechern schützen sollte, was er nicht konnte, weil er schwerhörig war, und der seinen flohigen Rücken am Türrahmen scheuerte. Vielleicht hasste Siglinde keine Hunde, aber sie hasste diesen Hund.

»Wir haben leider niemanden gefunden, der auf ihn aufpasst«, sagte Luis.

»Er wartet im Auto«, sagte ich und stand auf.

»Oh«, sagte Siglinde ohne verräterische Intonation, die Mitleid, Aufgebrachtheit, Freude oder irgendwas anderes signalisierte.

»Soll ich mitkommen?«, fragte Luis, aber ich schüttelte den Kopf.

Sollte er doch allein den braven Sohn spielen, da war ich nur im Weg.

Der Hund lag im Kofferraum und sah fast süß aus, wie eine Kuscheldecke. Als ich die Klappe öffnete, stieg mir ein beißender Geruch in die Nase und meine Augen begannen zu tränen.

»Komm«, sagte ich zum schwerhörigen Hund, er rührte sich nicht.

Ich kraulte seine Ohren etwas, hinter dem linken Ohr war eine kahle Stelle, er mochte das. Ernst hatte mir das gezeigt, als er uns den Hund überließ, weil er seine neue Freundin kuschelweicher und niedlicher fand. Gebrechlich wie ein alter Mann kletterte der Hund aus dem Kofferraum und kroch hinter mir ins Haus. Siglinde und Luis saßen unverändert am Tisch, aber Siglinde zuckte zusammen, als sie den Hund sah. Prompt verkroch er sich unter dem Tisch und kugelte sich nur Millimeter von Siglindes Füßen zusammen. Ihr Gesicht sah plötzlich aus wie geliftet.

»Alles gut?«, fragte ich vorsichtig.

Siglinde schwieg. Luis auch.

Ich sagte »Ich glaube, der Hund hat Rheuma«, und Luis nickte bedächtig.

41

Von Adelas Körper war natürlich nicht viel übrig. Nicht, dass ich ihn gesehen hätte, aber das teilten die Beamten uns mit. Damals waren wir ein Wir, mein Vater, meine Mutter und ich. Mehr Wir als zuvor, als wir noch zu viert gewesen waren. Doch das hielt nur ein paar Stunden an. Stunden des Wartens auf irgendwas, irgendwen. Auf eine Zeitumkehrung, die Apokalypse, Neuschnee. Stunden des Sitzens und Schweigens, der erzwungenen Einheit.

Unsere Wege trennten sich spätestens, als meine Eltern sich entschlossen, Adelas Körper Lebewohl zu sagen und ich es nicht tat. Das stünde jedem frei, sagte meine Mutter und legte mir die Hand an die Wange. Sie zog den Kopftuchknoten an ihrem Hals fest, betupfte sich die Lippen mit mattem Lippenstift, in Zeiten der Trauer war Anstand wichtiger denn je. Sie hakte sich bei meinem Vater unter und lächelte noch einmal.

»Bis später, *nena*«, sagte sie leise.

Und doch glaubte ich, zwischen allem Sanftmut Tadel aus ihrer Stimme zu hören. Dafür, dass ich es nicht ertragen konnte. Dafür, dass es für mich ein ausreichender Schlussstrich war, von einem Lokalpolizisten eine Tasse Tee in die Hand gedrückt zu bekommen und meine Mutter im Hintergrund wimmern zu hören. Dafür, dass ich den Blick auf ein vermutlich steinernes, eisiges Adela-Gesicht nicht als Beweis dafür brauchte, dass ich nie wieder ihre Haare aus meinem Kaffee fischen würde oder ihre Sommersprossen zählen oder mit ihr darüber lachen, dass immer, wenn sie ihre Schuhe auszog, der halbe Strand herausrieselte.

»Das Gesicht, das Gesicht ist noch ganz intakt«, war das Erste, was meine Mutter nach ihrem Abschiedsbesuch zu mir sagte.

Sie wiederholte das immer wieder, fast freudig, als sei nun alles wieder in Ordnung, als steige eine Leiche aus dem Sarg, wie an Marionettenfäden baumelnd, die Knochen munter aneinanderkrachend, wenn nur ihr Gesicht »intakt« sei. Vermutlich war es das, was man ihr im Kühlhaus gesagt hatte. Irgendwas musste man den Angehörigen ja sagen. »Das wird schon wieder« war vermutlich abgenutzt. Auch die Wirkung von »Tut mir leid« war im Kühlhaus mittlerweile homöopathisch. Kühlhaus. Auch mir gefroren die Adern, wenn ich daran dachte, dass man Adela nach ihrem Tod auch noch in ein Kühlhaus gebracht hatte. Wie eine geschlachtete Sau, die darauf wartete, mit Salz und Pfeffer abgewürzt über dem Feuer zu schmoren. Da könnte man sie ja gleich zum Schinken an die Decke hängen, wiedervereint mit Romero, der Freundin ihrer Kindheit.

Mit einem wissenden Gesichtsausdruck tätschelte Luis mir den Arm, als ich ihm davon erzählte. Ich hasste ihn dafür, dass er, kurz nachdem ich seelisch vor ihm blankgezogen hatte, sanft sagte »Du konntest dich nie richtig von ihr verabschieden, das ist schlimm«, und dann weiter meinen Arm streichelte, als gäben mir seine dünnen Finger Kraft in der schwärzesten Stunde. Wut schwoll in mir an, Wut über so viel Unverständnis und Pauschalisierung. Ich setzte erneut an, um ihm zu erklären, dass er rein gar nichts verstanden hatte, dass er einen Schmerz so groß wie das Meer in ein Wasserglas pressen wollte. Die Galle kam mir hoch bei seinem freundlichen, offenen Lächeln. Er seufzte mitfühlend und zog mich zu sich heran, hielt mich fest in seinen Armen, eine Geste, deren Einfachheit mich noch zorniger machte.

»Wein ruhig, vielleicht geht es dir besser«, flüsterte er in mein Ohr.

Die logisch darauf folgende Szene wäre ein befreiender Tränenstrom gewesen, später Hochzeitsglocken, da Luis die Heldin der Geschichte aus ihrem emotionalen Panzer befreit hatte, Hochzeitsreise nach Südfrankreich, Abspann. Nur brachte ich bloß Tränen der Wut hervor, ich war nicht die Heldin, hatte nicht einmal eine Sprechrolle.

42

MEINE DNS

Von Mutters Seite:

Augen
Kurzsichtigkeit
Nase mit kleinem Buckel Richtung Wurzel
Gang (leichtes Schwanken)
Krumme kleine Zehen
Hände
Vorliebe für Petersilie
Naivität
Vorliebe für schlechte Bücher

Von Vaters Seite:

Haarwuchs im Allgemeinen, besonders im Sommer
Leider nicht die Geschicklichkeit
Misanthropie
Gesellschaftsschwerhörigkeit
Vorliebe für Bier
Langes Gedächtnis/Nachtragen
Hingezogenheit zum Meer

Logische, weil genetisch bedingte Konsequenzen daraus, für die sich jede Verantwortung meinerseits wegdiskutieren lässt:

Emotionale Verwirrtheit
Entscheidungsfindungsprobleme
Tollpatschigkeit
Einsamkeit, selbst gewählt und ungewollt
Weglaufen auf kleinen krummen Zehen
Übermäßiger Petersiliensuppenkonsum

ADELAS DNS

Von Mutters Seite:

Sensibilität
Sanftheit
Wangenknochen
Wuschelhaare
Nachsichtigkeit
Duft nach frischem Brot, obwohl sie nie Brot backte

Von Vaters Seite:

Hang zur Schwermut
Geschicklichkeit
Tiersprache oder irgendwas, das dem sehr nahekommt
Situationskomik
Würdevolles Schuhebinden (obwohl sie sich dafür jedes Mal setzen musste)
Augen
Oliv-Teint
Gang (ruhig und kein Schritt zu viel)

Abneigung gegen Petersilie
Sturheit, Verschwiegenheit
Hingezogenheit zum Meer
Intelligenz

Irgendwie anders in der Wiege gelandet:
Angst vor der Nacht
Furcht vor nichts sonst

Logische, weil genetisch bedingte Konsequenzen daraus, für die sich jede Verantwortung ihrerseits wegdiskutieren lässt:
Ehrgeiz
Erfindungsgabe, Ersatzstoffe für Petersilie zu entdecken
Enge Beziehung zu allem Lebenden
Lachen wie Sommerregen
Stilles Ertragen
Ein Schlafzimmer voller Kerzenduft
Frühzeitiges Ableben

43

Wer weiß schon, was recht ist, in der Dämmerung. Es gibt eine Zeit, da ist weder Tag noch Nacht. Der Moment taumelt, und je nachdem, in welche Richtung er fällt, ist Licht oder Schatten. *Lusco-Fusco*, sagen die Galicier. Nicht hier, nicht dort. Aber die Galicier haben ja auch achtzig Wörter für Regen. *Lusco-Fusco*, das Wort zu sagen dauert länger als der Moment an sich, so wie Augenblick, Sprung, Gedanke. Bevor sich die Zunge um eins dieser Wörter geschlungen hat, ist das Gesagte längst geschehen. Auf dem Wort verweilen schafft Zeit. *Lusco-Fusco*, denn das ist der Punkt, an dem sich die Waagschale neigt, in die eine oder die andere Richtung. *Lusco-Fusco, Lusco-Fusco, Lusco-Fusco*. Wie ein Kinderreim.

Es gibt eine Zeit, in der das Jahr in der Luft hängt. Je nachdem, zu welcher Seite es sich neigt, kann es so oder so ausgehen. Alles ist offen. Noch ist unentschieden, ob der Sommer zurückkehrt oder ob endgültig Winter wird. Die Nächte riechen nach Holzfeuer und die Tage beginnen frisch und klar. Die feuchten Wiesen sind schon kalt, das Abendrot brennt. Noch kann das Jahr umkehren. Und dann, dann fällt das erste Blatt und segelt durch Nebelschleier aufs Meer hinaus. In Galicien gibt es kein Wort dafür. Aber es sollte eines geben. Für den Moment kurz bevor das erste Blatt fällt, für den Augenblick vor der Endgültigkeit.

Vielleicht ist das erste Blatt ein Eichenblatt gewesen, damals, als Adela starb.

44

Der Abend vor Adelas Tod war eine Verkettung unglücklicher Umstände. Zum einen war da der Mond. Ein Sichelmond, aber silbern und klar, der Nachthimmel zwinkerte uns zu. Zum anderen war da das Kitzeln in meinen Fingerspitzen. Es war schon seit ein paar Wochen da und tauchte immer dann auf, wenn es galt, stillzuhalten. Beispielsweise wenn man neben jemandem auf einer Bank saß. Oder jemandem ein Glas reichte. Oder jemandem zum Abschied winkte. Vermutlich war es kein Zufall, dass dieser Jemand immer Mateu war. Das Kribbeln, das hatte ich anhand einer Reihe von Experimenten eruiert, rührte daher, dass ich es unterdrückte, Mateu zu nahe zu kommen. Es wurde schlimmer, wenn ich einen Nachmittag damit verbracht hatte, mit ihm am Strand nach Adela zu suchen, und dabei stets seinen schlenkernden Armen ausgewichen war. Besser wurde es, wenn ich ihm die Hand auf die Schulter legte, zum Beispiel, um ihm eine Möwe zu zeigen, die bis auf die Feder der *viúva* Soberano glich. Es gab viele Möwen hier und viele Felsen. Dass das Kribbeln etwas Gutes war, eine Warnung und das warme Gefühl, das meinen Bauch flutete, wenn Mateu mir seinerseits eine lustige Möwe zeigte, ein Trugschluss, eine Farce, ein kurzes Vergnügen, ein Gefühlssoftdrink ohne tatsächlichen Nährwert, hatte ich mir immer wieder gesagt und mich in Enthaltsamkeit geübt. Tagelang schaffte ich es, Mateus Schulter Schulter sein zu lassen und seine Armbeugen Armbeugen. Es kostete mich stets ein paar Atemzüge, aber die waren es wert, beschloss ich.

Am Abend vor Adelas Tod hatte ich eine wochenlange Durststrecke hinter mir, hatte nicht einmal die Gelegenheit genutzt, Mateu aufzuhelfen, als er stolperte und mit der Nase voraus im Matsch landete. Mit meinen Ameisenfingern konnte ich keinen geraden Strich ziehen.

Ein weiterer unglücklicher Umstand war, dass meine Eltern nicht zu Hause waren. Sie gingen sonst nie aus, aber zu den Dorffesten musste man sich blicken lassen. Meine Mutter sprach schon seit Wochen vom traditionellen Kastanienfest. Ich hatte sie dabei ertappt, wie sie vor dem Spiegel in verschiedenen Blusen posierte und die Lippen spitzte. Auch mein Vater war ungewöhnlich vergnügt, rasierte sich plötzlich jeden Tag und pfiff auf dem Weg in den Stall. Mateu und ich warteten auf Adela, sie hatte nächste Woche eine Klausur und würde sicher früh zurückkommen, wo auch immer sie war. Wir saßen auf dem Sofa, und ich las Mateu das Horoskop aus der Fernsehzeitschrift vor, er war Stier. (Melden Sie sich bei einem alten Freund, Beständigkeit ist Ihre Stärke.) Meine Mutter huschte ein ums andere Mal an uns vorbei und wollte meine Meinung zu ihren Ohrringen hören. Mein Vater nestelte im Flur an seiner Krawatte, tatsächlich, seiner Krawatte. Ich hatte noch nicht einmal gewusst, dass mein Vater so etwas besaß, und falls doch, dass er wusste, wie man damit umzugehen hatte und dass es nichts war, womit man Kälber anband oder Schweine markierte.

Mateu las mir meine Tagesaussicht vor (nehmen Sie sich nicht zu viel vor, in der Ruhe liegt die Kraft), die Haustür fiel ins Schloss, das Mondlicht durch das Wohnzimmerfenster herein, und als mir Mateu die Zeitschrift wiedergab und dabei über mein Handgelenk strich, entlud sich das Gewitter.

Wenn ich gewusst hätte, dass Lippen so schmecken können. Wenn ich gewusst hätte, wie Finger sich in Haare krallen, wie Haut an Haut reibt, wie Schauder über Schlüsselbeine gehen und Hände Hände suchen. Niemals hätte ich Mateus Gesicht an meins gedrückt, hätte es zugelassen, dass er erst mein, dann sein T-Shirt auszog, nie hätte ich mir erlaubt, dass es so sehr zu spät wäre, noch aufzuhören. Keiner von uns beiden sagte danach ein Wort. Wir sahen uns nur an, Glück rang mit Scham und Angst und vielen anderen bitteren Zutaten. Im Flur gab er mir einen Abschiedskuss. Wie konnte ich ahnen, dass es tatsächlich einer war? Ich sah zu, wie er immer kleiner wurde und verschwand. Unendlich müde stieg ich die Treppen hoch. Das Blut gefror mir in den Adern: Adelas Zimmertür war nur angelehnt. Auf Zehenspitzen schlich ich zur Tür und schob sie auf. Im Halbdunkeln, denn da war ja noch der Sichelmond, erkannte ich sie im Bett liegen. Ein paar Sekunden lauschte ich ihrem ruhigen Atem. Ich schloss die Tür, sonst hätte das Hämmern in meiner Brust sie aufgeweckt. Mir schwindelte und ich taumelte in mein Zimmer. Sie hatte uns gesehen, war unbemerkt an uns vorbeigeschlichen. Ob eine Chance bestand, dass sie schon da gewesen war, bevor meine Eltern gingen? Dass sie den ganzen Abend friedlich geschlafen hatte? Aber meine Mutter hatte sich noch von ihr verabschieden wollen, sie war nicht da gewesen. Minutenlang saß ich regungslos auf dem Bett. Ich könnte verschwinden, jetzt gleich, allein. Oder mit Mateu? Ich sah ihn vor mir, wie er sie ansah und ihre dünnen Lider unter seinen Küssen flatterten. Morgen würde ich mit ihr sprechen. Ich würde ihr alles erzählen. Ich würde ihr anbieten fortzugehen. Ich könnte eine Zeit lang anderswo wohnen, bis ich einen Schulabschluss hatte. In einer Hütte im Wald. Oder vielleicht bei unserer Tante in Deutschland. Morgen würde ich meine Mutter darum bitten, ja, morgen.

45

Manchmal waren Eno und ich eine Gang. Keine Motorradgang vielleicht, Eno konnte nicht einmal ein Rad steuern, dazu war sie viel zu leicht abzulenken. Auch keine Rockerbande, denn ich hatte zu wenig Tattoos, Eno hatte immerhin zwei Stück, und rauchen taten wir im Schnitt auch zu wenig. Drogen dealten wir nicht und es gab kein geheimes Aufnahmeritual, Treffen bei Mitternacht oder Einträge ins Strafregister. Wir hatten nicht einmal Jacken im Partnerlook oder einen reißerischen Namen – obwohl mir das gefallen hätte. Aber manchmal saßen wir auf dem Vordach ihres Hauses und bauten die Stadt aus Bierdosen nach, die wir in der Regenrinne gefunden hatten. Wir selbst tranken Wein und an schlechten Tagen Tee. Die Bierdosen-Häuserzeilen, dekoriert mit Moos und ausgerüstet mit Zigarettenstummel-Kaminen, das war die echte Stadt. Unter uns die Häuser waren klein und unwichtig, obwohl wir nur im vierten Stock waren. Ein Regenguss konnte zu viel für die kleine Häusersammlung sein, auch eine Brise fegte so manches Zigarettenschachtel-Dach fort. Trotzdem waren die Bewohner unserer Stadt zufriedene, brave Bürger. Fliegen lebten friedlich neben Ameisen, Toleranz wurde bei Weberknechten großgeschrieben, selbst als ein Tausendfüßler kurzfristig versuchte, die Macht an sich zu reißen.

Unsere Siedlung konnten wir nur erreichen, wenn wir aus dem Fenster im Treppenhaus kletterten. Einmal war schon eine andere Gruppe da, drei Jungs um die fünfzehn. Doch wir waren ja eine Gang, die Teenies verzogen sich wortlos und ließen uns neues Baumaterial da. Die Straßenlaternen zwinkerten uns zu, in unserer Stadt war immer Tag. Eno setzte sich an den Rand und stellte ihre Teetasse in die Rinne, ließ die Füße baumeln und siebte die Nacht durch ihre Zehen. Saß sie eine Weile so da, hatte sie als Gangführerin, denn das war sie zweifelsohne, Erleuchtungen.

Hier hatte sie ihre Doktorarbeitsthemen gefunden, ihre Kindernamen erdacht und beschlossen, dem Hund Lockenwickler einzudrehen. Es war auch auf dem Dach gewesen, als sie mir das erste Mal von Timo erzählt hatte und davor von Janis und davor von Tamara. Das Erleuchtungsdach war auch das Dach der großen Gefühle, der tränenreichen Eröffnungen. Das passte insofern zu unserer Gang, da wir epische Männerromantik pflegten, anstatt hicksende Krokodilstränen zu vergießen. Enos Geschichten über den etwas zu freundlichen Nachbarn, auf dessen Schoß sie immer hatte sitzen müssen, besonders wenn sie das rosa Röckchen trug, das er so mochte, wurde mit einem Schulterklopfen meinerseits quittiert. Sie grunzte dafür nur »Ach«, wenn ich einen schwermütigen Adela-Tag hatte.

Schwang sich Eno wieder in den Flur, wir hatten vielleicht ein neues Cola-Rathaus gebaut oder ein Walnussmännchen neben der Fliegenvilla einziehen lassen, sah sie stets friedlich aus, sie ruhte in sich und hatte zugleich neue Kraft für das nächste Projekt gesammelt. Wie mein Gesicht nach einem Gangtreffen aussah, wusste ich nicht, aber sicherlich wäre ich genauso verwirrt und panisch wieder in den Flur zurückgeklettert, wie ich gekommen war, gäbe es nicht die Ruhe in Enos Augen. Ein Lächeln von ihr war nach einem Dachtreffen wie zehn Das-wird-schons oder fünf Schulterklopfer.

Zu Anfang hatten wir noch viel geredet auf dem Dach, später reichte schon der erste Schritt hinaus und wir kamen zur Ruhe.

Eno trat zur Rinne, an einem der letzten Abende, an denen es Luis noch gab für mich. Sie aschte nach unten, genüsslich, auf ihre Untertanen. Ich goss uns Wein ein.

»Kresse also«, sagte ich über ihr aktuelles Doktorarbeitsthema.

Sie nickte bedächtig, drehte sich jedoch nicht zu mir. Den ganzen Abend schon war sie wortkarg gewesen. Jetzt kam sie her und nahm mir ein Glas ab. Natürlich musste sie rauchen und Wein trinken. Diese Sicherheit brauchte ich, diese Stetigkeit. Frauen wie sie waren vom Aussterben bedroht. Nachdem sie langsam aus den Filmen verschwanden, die rauchenden, trinkenden Schönen von Kung-Fu-Bräuten ersetzt wurden, die bestenfalls einen Hang zu Meth hatten, würden sie in den Groschenromanen landen. Danach in Bars, in denen es noch Flipperautomaten gab.

Sie drückte die Zigarette umständlich mit ihren Sandalen aus und errichtete einen Schornstein im Fliegenhaus.

»Wird 'ne richtige Skyline«, sagte sie.

»Darf nur nicht regnen«, sagte ich.

»Lass das doch mal, diesen scheiß Pessimismus«, murmelte sie und steckte sich noch eine Zigarette an.

»In letzter Zeit, also die Sache mit Luis ...«, fing ich an.

»Luis muss weg«, sagte sie.

Unten donnerte ein Auto übers Kopfsteinpflaster.

»Ich wünschte, ich könnte in die Zukunft schauen«, sagte ich, »nur ein paar Tage, meinetwegen ein paar Stunden, das würde mir schon reichen.«

Eno grinste spöttisch.

»Ich kann dir sagen, was in ein paar Stunden ist, du gehst heim, dann gehst du ins Bett, dann stehst du wieder auf und so weiter.«

Ich zog die Nase kraus. Eno lachte, übertönte damit fast das nächste Auto.

»Schau doch nicht so. Wäre es dir lieber, dass dazwischen ein Blitz einschlägt?«

Ich zuckte mit den Schultern. Eno trat wieder zur Regenrinne. Ich fand, dass sie zu nah am Abgrund stand, und ging zu ihr. Der Abend senkte sich von uns hier oben nach und nach auf die Straßen.

»Glaubst du, ich könnte da rüberspringen?«, fragte Eno und deutete auf einen Balkon, der mindestens fünf Meter entfernt war.

»Auf keinen Fall«, sagte ich schnell.

Sie lachte wieder.

»Wetten?«, meinte sie.

Ich schüttelte den Kopf.

»Lass uns reingehen, mir wird kalt«, sagte sie nach einer Weile.

Ich folgte ihr über das Fensterbrett nach drinnen. Kaum hatten wir die Flasche und die Gläser zu uns hereingeangelt, begann es zu regnen.

46

Aus der Enzyklopädie zur Lebensweise der Rankenfüßer:
Wie andere Entenmuscheln sind *percebes* unfähig zur Fortbewegung. Diese sessile Existenz zwingt den adulten Organismus dazu, entweder als Parasit oder Filtrierer zu leben. *Percebes* ernähren sich von Plankton, das sie aus dem Wasser um sich filtern.

Sie haben kein Herz, dafür aber eine Zementdrüse, mit der sie sich lebenslang an einen Felsen oder an ein Stück Treibgut heften können.

47

Irene Mariño García war das schönste Mädchen in ganz Lugo. Das wusste ihre Mutter, die sie lehrte, die Augen niederzuschlagen. Das wusste ihr Vater, der ihr früh beibrachte, ihre Haare unter einem Tuch zu verstecken. Das wussten auch die jungen Männer im Dorf, die ihr das Küssen zeigen wollten. Aber Irene wollte die Augen nicht niederschlagen, sie trug das Tuch ungern und das Küssen brauchte man ihr nicht beizubringen. Marta, die jüngste Bäckerstochter, hatte ihr erzählt, wie es ging – und dass es der Mühe nicht wert sei.

Sie wurde älter und älter und es kam die Zeit, alle ihre Schwestern waren schon verheiratet, die Brüder sowieso, da wünschte sich ihre Mutter, sie würde die Augen nicht ganz so oft niederschlagen und ihr Vater dachte daran, das Kopftuch ein Stückchen nach oben zu rücken, damit man wenigstens ein bisschen von ihr sah. Doch Irene wollte das Küssen noch immer nicht lernen. Was sie wollte, das waren Winternachmittage am Fenster, in denen man die Eisblumen zählen konnte. Ab und an eine Sternschnuppe und die raue Haut einer Kuh, Heuduft und Salzwasser um die Knöchel. Irene war eine Naturromantikerin geworden, die die Welt um sich ganz und gar verklärte. Die Männer in den Cafés, die ihr zuprosteten, schienen ihr wild und ruppig, beim Anblick des Baches, ein silbriges Band, geriet sie in Verzückung. Mädchen, die ihre schönsten Kleider antaten und sich die Zöpfe richteten, waren ihr künstlich und zuwider. Irene ließ sich lieber vom Ginster nach Hause leuchten. Es gab nicht wenige, die die Verträumtheit des jungen Mädchens für Einfältigkeit hielten. Man sah Irene vielleicht im Garten spazieren, und die Glückseligkeit auf ihrem Gesicht verlieh ihr einen gläsernen Blick. Der eine oder andere hatte ihr geflüstertes Lob, das einem prächtigen Beet galt, für ein Selbstgespräch gehalten. Und die lange Pause, die entstand, wenn man sie ansprach, da man sie stets von ganz weit herholen musste, erklärten sich viele mit mangelnder Intelligenz.

Trotzdem oder vielleicht gerade daher war das Mädchen allen lieb und teuer. Sie war stets freundlich und wusste viel Nützliches zu den Pflanzen und den Gärten. Ihre Eltern entschieden deshalb, sie solle als Erntehelferin arbeiten. Irene wurde also von Feld zu Feld geschickt, und überall, wo sie arbeitete, gediehen die Pflanzen prächtig wie nie zuvor. Pralle Tomaten barsten von den Sträuchern, goldenes Getreide strahlte zwischen den Wiesen, und Salatköpfe so schwer, dass man sie kaum tragen konnte, sprossen auf den Beeten. Bald zahlte man Irene hohen Lohn für ihre Arbeit und Leute aus dem ganzen Dorf kamen, um ihr zuzusehen. Irene arbeitete nicht anders als jeder auf den Feldern, eher noch etwas langsamer. Sie wog jede Frucht in der Hand wie einen Edelstein und bettete das Saatgut in den Boden. Beim Kartoffellegen auf den Feldern des alten Gutierrez war es nicht anders. Jede Frucht bekam einen Abschiedsgruß, bevor sie in der kühlen Erde verschwand.

Irene war die einzige Arbeiterin, der alte Gutierrez selbst konnte sich nicht mehr bücken, er hatte es in den Knien, und sie brauchte sehr lange für den Acker. Das Mädchen merkte nicht, dass es beobachtet wurde, der Sohn des alten Gutierrez stand am Zaun und sah ihr bei der Zeremonie zu. Sie gelangte schließlich zu einer Rille, ganz nah bei seinen Füßen, und sah auf, die Wangen erdverkrustet, ihr Blick wie immer verzögert, das schweißnasse Hemd an ihren Armen klebend. Iago Gutierrez erkannte in ihr das schönste Mädchen in ganz Lugo.

»Es ist gut jetzt«, sagte er und bedeutete ihr, aufzustehen.

Sie schüttelte den Kopf und legte noch die letzten Kartoffeln aus ihrem Korb in die Erde. Danach trat sie zu Iago und nickte ihm zu, gemeinsam gingen sie zum Hof zurück. Der Alte wartete schon auf sie und zählte ihr den Lohn in die Hand, er bat sie herein, um Wasser zu trinken. Irene blickte zur Tür und sah, Blättchen um Blättchen sich umarmend, einen Blütenkranz dort hängen. Sie lächelte und trat ein. Iago brachte ihr Wasser und sie trank gierig, es rann ihr das Kinn herab. Er sah sie an und wäre ihre Seele nicht auf Reisen gewesen, so hätte sie alles in diesem Blick erkannt, was sie zu wissen brauchte. Sie sagte Gute Nacht und ging.

Am nächsten Morgen sprach Iago Gutierrez bei Irenes Eltern vor. Die beiden waren begeistert von der ruhigen Art des jungen Mannes, von dessen Tüchtigkeit man im Dorf reden hörte. Sie baten Irene herein und Iago legte den Blütenkranz, den sie gestern bewundert hatte, nieder. Das Mädchen schaute auf die welken Blüten, schüttelte stumm den Kopf und ging hinaus. Irenes Eltern klopften Iago auf die Schulter und verabschiedeten ihn bedauernd. Obwohl sie ihn sehr gerne als Schwiegersohn gehabt hätten, wollten sie nichts tun, was gegen Irenes Willen war. Sie bestellte am nächsten Tag, als wäre nichts geschehen, die Felder des alten Gutierrez und versorgte weiteres Saatgut. Seit Neuestem achtete sie ganz besonders darauf, dass die Kartoffeln, die im Korb nebeneinandergelegen hatten, dies auch in der Erde taten. Gen Abend ging sie zum Hof, um sich ihren Lohn zu holen. Der Alte war nicht da, nur Iago saß am Küchentisch. Beschämt bat er sie, sich zu setzen, und bot ihr Wasser an. Sie verneinte, nahm jedoch Platz. Irene legte ihre Hände auf den Tisch, ließ sie ein paar Sekunden auf dem Holz ruhen. Nun fuhren ihre Zeigefinger die Maserungen nach, streichelten Kreise auf die Tischplatte.

»Schön«, sagte sie.

Iago sagte: »Der Baum ist aus unserem Garten.«

»Hast du den Tisch gemacht?«, fragte Irene.

Er nickte.

Sie fuhr nun die weich geschliffenen Kanten ab, ließ die Hände die Tischbeine hinabklettern und legte ihre Wange zuletzt auf die Platte. Ihr war, als höre sie das Holz vibrieren, und folgte den Tönen mit ihren Fingerspitzen. Ihre Hände kamen an etwas Warmen an, Iagos Hand, er griff nach ihren Fingern. Sie hob den Kopf und sah, dass auch er den Kopf auf die Platte gelegt hatte, die Augen geschlossen. Gemeinsam lauschten sie dem Herz des Nussbaums, das ihrer beider Herzen kannte.

48

Seit dem Vorfall in der Küche – also dem Diskutieren, dem Schreien und dem Schweigen danach – behandelte meine Mutter meinen Vater, als sei er aus Glas. Sie sprach leise zu ihm und legte ihm sachte die Hand auf die Schulter, manchmal, glaube ich, betrachtete sie die Spiegelung ihres milden Lächelns in seinen Augen. Mir warf sie noch immer verschwörerisch Blicke zu, und darin lag eine neue Art des Respekts. Ich, Brust raus, Kopf hoch, ließ mich von dieser Vertrautheit einlullen. Vielleicht fuhr ich deshalb nicht zurück nach Deutschland, obwohl ich jeden Abend erst um die Ecke spähte, bevor ich die Küche betrat, es könnte ja Mateu auf der Bank sitzen. Auffällig war, dass mein Vater immer öfter in der Küche auftauchte, wie zufällig, als warte er darauf, uns bei einem Gespräch zu ertappen. Doch bis auf die verschwörerischen Blicke gab es vorerst nichts mehr von meiner Mutter. Kein Geheimpakt, keine Schwüre, keine mit Blut unterzeichneten Verträge. Sie kannte ihren Mann und wartete. So lebten wir eine Weile mit unseren merkwürdigen Angewohnheiten, ich pirschte mich mit dicken Socken und geschmeidigen Bewegungen an, meine Mutter murmelte Beschwörungsformeln, während sie ihren Mann mit Weihnachtsleckereien vollstopfte, mein Vater sprang in die Küche und behauptete, er suche ein Handtuch, einen Flaschenöffner, die Fernbedienung.

Ich stand im Garten und schaute den Pflanzen beim Sterben zu. Der Herbstduft fallender Blätter ist eigentlich der Geruch der Verwesung, dachte ich und trat eine Kastanie in die Wiese. Winterschlaf, mindestens bis Mai, wünschte ich mir und hob ein tiefrotes Ahornblatt auf. Was machen die Enten im Herbst, fragte ich mich und sah einem Vogelschwarm nach. Meine Mutter stapfte auf mich zu. Der Morgentau durchweichte ihre Filzpantoffeln. Als sie bei mir ankam, schnaufte sie, als wäre sie gerannt.

»Komm«, keuchte sie und winkte mich zum Haus.

»Was ist denn?«, fragte ich, doch sie hob nur den Zeigefinger, während ich ihr folgte.

Wir gingen nach oben, wieder in Adelas Zimmer, wo die Bettdecke stramm und die Luft eisig war.

»Also?«, fragte ich.

Die Entschlossenheit war von ihr abgefallen. Sie taxierte mich eine Weile, eine kleine, mittelalte Frau mit Augen wie Röntgenstrahlen.

»Weißt du, manchmal gibt es Ausnahmen«, sagte sie schließlich.

»Wie bitte?«

»Besondere Umstände, weißt du?«

»Nein.«

Sie schüttelte den Kopf und schlüpfte aus ihren Schuhen. Wieselflink huschte sie zu Adelas Schreibtisch, zog ihn auf und hielt mir halb triumphierend, halb verunsichert ein Büchlein vor die Nase.

»Adelas Tagebuch«, sagte ich.

»Du weißt davon?«, fragte meine Mutter.

»Sie hat davon gesprochen«, log ich.

Sie ließ das Buch sinken und sah zu Boden.

»Hast du es gelesen?«, fragte ich, und sie nickte.

Ich musste lachen, weil sie wie ein kleines Kind vor mir stand, das beichtete, meine Süßigkeiten aufgegessen zu haben.

»Steht doch sowieso nichts Wichtiges drin«, sagte ich beschwichtigend.

»Hast du es auch gelesen?«

Sie wirkte alarmiert. Ich wich aus.

»Adela hat das doch eher wie einen Terminplaner genutzt, oder?«

Sie nickte.

»Wo ist eigentlich Papa?«, fragte ich.

Sie machte eine wegwerfende Handbewegung, als würde sie meine Frage ohrfeigen.

»Die Soberano braucht jemanden, der ihr ein paar Glühbirnen wechselt, das kann dauern, du kennst sie ja«, sagte sie und setzte wieder ihren konspirativen Gesichtsausdruck auf.

Sie mochte dieses Detektivspielen. Ob sie mit einer überdimensionalen Lupe Adelas Bett nach fremden Haaren untersucht hatte?

Sie kam an meine Seite und zückte erneut das Buch. Nun blätterte sie ein Stückchen.

»Da, da zum Beispiel. Wer ist diese Carla?«, fragte sie und stach die Seiten mit ihrem Zeigefinger.

»Carla, Dienstag 19.00« stand da unter einem Datum im Oktober.

»Das ist eine Schulfreundin, Mama, Carlita, du kennst sie, die mit den vielen Katzen«, sagte ich.

Sie spitzte die Lippen und blätterte weiter.

»Und hier, was meinte sie wohl damit, Maria, 20 Euro?«

»Ich glaube, das bin ich, sie hat mir wohl für irgendwas Geld geliehen.«

Ich klang genervter als beabsichtigt. Sie ließ sich nicht beirren und blätterte weiter durch Adelas Tagebuch. Triumphierend sah sie mich an, als sie zur letzten beschriebenen Seite blätterte, oder dahin, wo die letzte beschriebene Seite gewesen war. Der Riss war nicht verheilt.

»Hier fehlt eine Seite!«

»Das sehe ich«, sagte ich.

»Warum fehlt eine Seite? Vielleicht etwas Wichtiges?«

Ich spielte mit dem Gedanken, von dem Zettel zu erzählen, den ich so oft gefaltet und wieder geöffnet hatte, auf der Suche nach einem Hinweis zwischen den Zeilen, einem Geheimcode, einer unsichtbaren Schrift, sodass er ganz weich geworden war. Weich, schlaff und wertlos.

»Sie hat vermutlich einen Zettel gebraucht. Oder sie hat sich verschrieben«, murmelte ich und starrte auf die gefletschten Papierzähne, die von Adelas schwerster Botschaft übrig waren.

Meine Mutter war noch nicht fertig. Sie blätterte weiter, die rechte Seite des Buches wurde immer dünner, und legte den Finger auf ein kaum lesbares Gekritzel.

»Was meinte sie damit?«

Ich lächelte und zuckte mit den Schultern, die Striche waren wirklich unlesbar.

»Du, ich glaub, die Glühbirnen sind drin, Papa ist gerade zur Tür rein«, sagte ich, obwohl das Haus stiller war als je zuvor.

Aber sie schlug Seite um Seite um. Ihre Finger waren so flink, dass ich sie kaum noch sehen konnte.

»Lass das doch, das ist kein Daumenkino«, sagte ich.

Das Rascheln verstummte nicht.

»Mama?«

Sie hörte nicht zu. Fieberhaft begann sie wieder auf Seite eins, ließ nun ihren Zeigefinger über jede Zeile gleiten.

»Mama, was suchen wir eigentlich?«, fragte ich leise.

Sie hielt kurz inne.

»Das weiß ich, wenn ich es sehe, irgendeinen Hinweis jedenfalls«, murmelte sie und riss die nächste Seite herum.

»Und warum suchen wir so dringend einen Hinweis?«

Sie sah zu mir und blätterte mechanisch weiter. Ein Blatt fiel aus dem Buch und taumelte zu Boden.

»Ich brauche einen Hinweis«, sagte sie.

49

Man muss vermutlich Mutter sein, um zu verstehen, was in Irene Mariño Garcías' Herzen vorging, als sie eines Morgens die Tür zum Zimmer ihrer Tochter öffnete und ein sauber gemachtes Bett vorfand, aber kein Kind darin. Nichts ist größer als die Liebe einer Mutter. Außer die Schuld einer Mutter.

Um die Schuld von Irene Mariño García zu begreifen, muss man vermutlich Mutter und Ehefrau und am besten einmal sehr schön gewesen sein. Zu altern begann Irene früh, aber das tat ihrer Schönheit keinen Abbruch. Das erste Grau schlich sich schon in ihr Haar, als sie gerade siebzehn wurde. Auch das Familienleben griff ihre Anmut nicht an, so mancher sprach noch Jahre später davon, wie sie den Schleier in der Kirche von ihrem Gesicht gehoben hatte oder wie lieblich ihre Wangen sich färbten, wenn sie auf der Bank vor dem Haus ihre Kinder stillte.

Sie wurde es schlichtweg müde. Es kostete sie zu viel Kraft, mit dem Strahlen des Frühlings mitzuhalten. Mit den Frauen aus dem Dorf, die kein gutes Haar an ihr lassen wollten. Daher begann Irene, ihre Schönheit zu vergessen. Sie vergaß ihre zarten Hände, nach deren Berührung sich so viele sehnten. Sie vergaß den kaum sichtbaren Flaum auf ihren Ohrläppchen. Sie vergaß, so zu gehen, als sei sie schön, so zu lächeln, so zu sprechen. Auch Iago vergaß, langsamer zwar, aber schon bald strich er nicht mehr über die Wange oder hörte ihrem Lachen nach. Waren Irene und Iago glücklicher als zuvor? Zumindest waren sie nicht unglücklicher. Lange Zeit waren sie sogar zufrieden. Bis der Baske kam.

Keiner wusste, woher der Baske kam. Er war auf einmal da. Der Baske gab an, geerbt zu haben, und zog auf den Perez-Hof. Niemand hatte Xosé Antón Perez je von baskischen Vorfahren reden hören. Und darum traute keiner dem Basken. Außerdem sprach er selten und hatte Augen wie glühende Kohlen, und wenn er mit seinem kantigen Akzent doch einmal etwas sagte, ging einem ein Schauder über den Rücken. Er lebte nur ein paar Kilometer von Irenes und Iagos Hof entfernt. Der Wald, in dem er fast jeden Tag arbeitete, grenzte an das Grundstück der Gutierrez'. Technisch gesehen, waren sie also Nachbarn. Und Irene, die jeden Sonntag zur Messe ging, wusste um ihre Pflicht der Nächstenliebe. Deshalb machten sie und Iago sich eines Abends auf zum Perez-Hof, Iago widerwillig, doch auch er kannte die Gepflogenheiten. Der Baske öffnete die Tür und schaute böse auf das Paar herab, das fein angetan war mit akkurat gebügelten Kleidern. Irene dachte, dass sie ihn noch nie in der Messe gesehen hatte. Er bat die beiden herein. Der karge Perez-Hof war in gutem Zustand, seit er einen neuen Bewohner hatte, sauber, praktisch eingerichtet. Man nahm in der Küche Platz.

Es stellte sich heraus, dass der Baske nicht nur ein Händchen für Einrichtung hatte, sondern auch einen gut bestückten Weinkeller und – was noch viel wichtiger war – die größte Auswahl an Sherry, die Iago je gesehen hatte. Man begann, sich zu verstehen. Glas um Glas spülte Vorurteile fort, und als der Mondschein neugierig an den Scheiben leckte, waren die drei Freunde geworden. Iago, weil er einen Sherrykenner zu schätzen wusste. Irene, weil der Baske sie zu schätzen wusste. Denn diese Kohleaugen brannten sich durch den Schleier des Vergessens. Seine Blicke zogen sie aus, doch es war nichts Anzügliches daran. Er sah nur an, was schon immer da gewesen war. Iago merkte nichts davon. Irene schon.

Der Baske kam nun auch ab und an zu Besuch zu den Gutierrez'. Er lobte den Schinken gebührend und brachte stets einen guten Tropfen mit. Er wusste viel über Landwirtschaft und sprach stundenlang mit Iago. Er sorgte sich auch um die Kinder der beiden und fragte nach ihnen. Seine Augen aber waren immer bei Irene, der schönen Irene, der wahren Irene. Stück für Stück setzte sie ihr altes Selbst wieder zusammen. Sie frisierte sich sorgsam, trug am Wochenende ihre *azabache*-Brosche und liebäugelte mit einem neuen Kleid. Iago sah seine Frau erblühen. Es gab eine Zeit, in der der Baske die beiden Eheleute wieder näher zueinander brachte, er hatte in Irene Schönheit gesät und Iago fuhr die Ernte ein. Nie übertrat der Baske eine Grenze. Manchmal ging er Irene zur Hand, wenn sie den Tisch abräumte, und seine Fingerspitzen stießen an ihren Arm. Zuweilen legte er im Gespräch die Hand auf ihre Schulter, aber das tat er auch bei Iago und bei Irenes Kindern. Nur seine Blicke brannten Löcher.

Es würde ein großes Fest geben, es war November und *Magosto* stand vor der Tür. Wie jedes Jahr machten sich kleine Prozessionen auf in die Berge, um Lagerfeuer zu entzünden. Auch Irene und Iago würden wieder ihren Platz aufsuchen. Es war, wie Irene fand, eine besonders gute Stelle für das Lagerfeuer, da sich die Felsen dort so umarmten, dass sie dem Wind den Weg verstellten. Kastaniengeruch war der Duft von Irenes Vorfreude, auch der Baske würde sich ihrer Gruppe dieses Jahr anschließen. *Gaztañarre* nannte er das Kastanienfest, und Irene zuckte zusammen, als er das fremde Wort in ihr Ohr raunte.

Irene hatte sich das neue Kleid gegönnt, das erste seit Jahren. Es war ein schwerer grüner Stoff, der Schnitt schmeichelte ihren Hüften und ihre Taille wurde zu einem Punkt. Außerdem hatte die Verkäuferin durch die Zähne gepfiffen, als sie aus der Kabine getreten war. Es war nicht wichtig, dass sie darüber ihren schweren abgetragenen Mantel legen würde, sie wusste, dass sie es trug. Irene suchte lange nach dem passenden Schmuck, dabei hatte sie nur zwei Armbänder. Abwechselnd legte sie beide an, bis ihr Handgelenk das Metall erwärmt hatte. Schließlich entschied sie sich für die Perlenohrringe, kein Armband. Iago, angesteckt von Irenes Heiterkeit, fand eine Krawatte im Schrank und die beiden schafften einen halbwegs vernünftigen Knoten, auch wenn Iago zwischendurch standhaft behauptete, er würde keinen Tropfen Sherry diesen zusammengeschnürten Hals hinunterbringen. Irene wollte sich von ihren Kindern verabschieden. Die große Tochter war nicht da, schon wieder. Doch Iago rief nach ihr, und sie machten sich auf.

Sie kamen spät an, Geruch von gerösteten Chorizos schlug ihnen entgegen, während Iago Irene den steilen Anstieg hochschleifte, sie balancierte ihre Empanadas auf den Händen und versuchte, nicht zu stolpern. Der Baske mochte ihre Empanadas, besonders die mit Thunfisch. Heute hatte sie das erste Mal die süße Variante für ihn gebacken, mit Äpfeln und Zimt und – sehr gewitzt, wie sie fand – geriebenen Esskastanien. Iago drückte seine Hand in ihren Rücken und schob sie um den letzten Felsen. Das Fest war schon im Gange, der junge Wein würde nicht alt werden.

Die *viúva* Soberano saß auf einem Vorsprung, Gott wusste, wer sie hierhergebracht hatte, in einem grünen Mantel, wie Moos. Irene begrüßte ihren Bekannten Anxo, der am Grill stand, und stellte ihre Empanadas zwischen einer Käseplatte und einem Teller voller triefender Chorizos ab, der Tisch bog sich. Die Frau des Bäckers verwickelte sie in ein Gespräch und versuchte, das Rezept für die Empanadas aus ihr herauszupressen, Iago schenkte sich Wein in eine Schale und ließ die Frauen stehen. Irene nickte und lächelte, hörte nicht, was die Frau des Bäckers zu ihr sagte, jaja, Zimt ginge immer. Sie starrte den Mund der Bäckerin an, feuerrot geschminkt, und hörte doch nur *Gaztañarre* in ihr nachklingen. Der Baske kam auf sie zu. Das rote Hemd hatte sie noch nie an ihm gesehen, er wirkte heute noch dunkler als sonst. Lächelnd trat er ihr entgegen und der alte Zauber jagte ihr Blitze über den Rücken. Nachdem sie sich noch ein Stück Tortilla genommen hatte, suchte die Frau des Bäckers das Weite, das Feuer im Gesicht des Basken schlug sie in die Flucht.

Der Baske kam Irene sehr nahe, sie konnte den Wein in seinem Atem riechen, sie stolperte einen Schritt zurück.

»Irene«, sagte er, »Irene.«

50

Adela mochte den Basken nicht. Das hatte sie mir nie gesagt, aber sie erstarrte, wenn sie ihn am Küchentisch sitzen sah. Sie sagte, er habe keine Augen, sondern Tunnel, und ich fand, dass sie recht hatte. Er war immer sehr freundlich zu uns, auf diese steife Art, die Männer vom Land in dem Alter haben. Er tätschelte uns die Wangen und machte unserer Mutter Komplimente zur Erziehung ihrer Töchter. Kinderlos, wie er war, konnte er nicht zuordnen, was Mädchen mit achtzehn oder neunzehn taten, und fragte immer, wie es in der Schule so ginge und ob wir heute schön gespielt hätten. Manchmal versuchte er, Adela etwas ins Ohr zu flüstern oder sie auf seinen Schoß zu ziehen. Sie wand sich aus seinem Griff, und mein Vater lachte. Adela kam nicht mehr herunter, wenn der Baske zu Besuch war. Und sie ging auch nicht mehr in den Wald, in die Nähe seines Hofes.

Meine Mutter merkte nicht, dass Adela den Basken nicht mochte. Es war nur wichtig, wen der Baske mochte. Als er an dem Abend des Fests ihre Hand nahm und ihren Namen sagte – das r kullerte wie ein blanker Kieselstein zwischen seinen Lippen hervor –, wusste sie, dass sie es war. Ihre Wangen brannten und sie lehnte sich ans Büfett, stützte sich ab, die eine Hand auf der Tischkante, die andere in Sara Sanchez' Apfelkuchen.

»He, Baske«, rief Iago von irgendwoher.

Der Baske blinzelte und der Bann war gebrochen. Irene richtete sich wieder auf und suchte nach einer Serviette. Iago war bei den beiden angekommen und schlug dem Basken auf die Schulter. Er nuschelte irgendetwas und schüttete noch eine Schale Wein in sich hinein. Der Baske machte einen Scherz, Irene lachte und gewann langsam die Fassung zurück. Der Bäcker trat zu ihnen und fragte Irene nach dem Rezept für ihre Empanadas und Iago erzählte dem Basken von seinen neuen Sauen. Sie traten ans Feuer und die Glut und die Augen des Basken waren eins. Flammenschein malte die Gesichter weich und die Augen blank. Irene suchte nach der *viúva* Soberano, aber die Alte war verschwunden oder ganz zu Moos geworden. Das Büfett leerte sich, sogar der demolierte Apfelkuchen fand noch einen Liebhaber. Ein, zwei Chorizos blieben zurück. Der Baske, der Bäcker und seine Frau, Iago und Irene waren die menschlichen Überbleibsel der Feier, alle anderen waren schon zum Fuße des Berges aufgebrochen, um mit dem Rest des Dorfes zu feiern. Iago gähnte und streckte seine Arme hinter sich aus, er klopfte sich auf die Brust. Wie ein Tier, dachte Irene und erschrak.

»Es ist spät«, sagte Iago.

Es war schon dunkel, das Feuer stach in den Nachthimmel. Der Bäcker und seine Frau machten ebenfalls Anstalten zu gehen. Irene grauste vor dem Heimweg. Ihr grauste davor, Iagos Hand zu halten, von ihm zurückgeführt zu werden, dieses Vieh heute Nacht neben sich schnaufen zu hören, davor, nicht beim Basken zu sein. Sie wandte sich vom Feuer ab, Nachtluft griff nach ihr und wollte ihre Wangen doch nicht kühlen. Der Bäcker hatte einen sitzen und stolperte voraus, der Baske nahm sich seiner Frau an, führte sie am Arm um den ersten Felsen herum. Irene sah ihm nach, sah, wie er leise etwas zur Bäckerin sagte, dann waren sie verschwunden. Iago kam zu Irene und legte ihr den Arm um die Schulter. Sie gingen ein paar Schritte in die Dunkelheit und Iago stützte sich schwer auf Irene. Er lachte.

»Komischer Kerl, dieser Baske.«

Irene schnappte nach Luft.

»Warum?«, fragte sie.

»Ach, nun tu doch nicht so, Irene«, nuschelte Iago in seinen Mantelkragen.

Irenes Herz versuchte, aus ihrer Brust zu springen.

»Was meinst du?«, fragte Irene leise.

»Hast du's nicht gemerkt?«

»Was gemerkt?«

»Na, die Blicke und das Antatschen«, grummelte er.

»Iago, ich ...«, setzte Irene an, ohne zu wissen, wie sie den Satz beenden sollte.

»Aber Fabián hat das gar nicht gefallen, dass der Baske seine Frau so angeifert«, sagte Iago.

»Fabián?«

»Ja natürlich, Fabián.«

»Der Bäcker?«

»Wer sonst? Ach Irene, ich dachte, *ich* hätte zu viel erwischt, aber *du* bist auch nicht ganz da ... Übrigens, wenn du ihm nicht bald das Rezept für deine Empanadas gibst, macht dich seine Frau kalt.«

51

Ich glaube nicht, dass ich aufgeflogen wäre. Ohne Weiteres hätte ich es bis zum Ende durchziehen können. Dann hätte ich jetzt ein fertiges Studium, einen Berufsabschluss. Oder vielmehr Maria Adela Mariño Gutierrez hätte ihn. Auf ihrem Passfoto sah sie ernst in die Kamera, das Gesicht makellos und symmetrisch, eine vorwitzige Locke hing ihr in die Stirn. Sie sah nicht aus wie ich. Aber ich war es, die ihren Pass hatte und auch die Geburtsurkunde, ich war die Spanierin mit dem Zulassungsschreiben und darum war ich an der Uni Maria Adela. Und wurde jeden Tag daran erinnert, wie sehr ich es nicht war. Maria Adela war eine schnelle Lernerin, ich nicht, und darum saß ich bis spät in die Nacht an den einfachsten Lektionen. Maria Adela wollte Ärztin werden, ich nicht, ich reagierte allergisch auf OP-Handschuhe und auf Menschen. Maria Adela war unglücklich. Ich lernte Eno kennen.

Nie hatte ich einen Plan gehabt. Ich wollte nicht Adelas Platz einnehmen, aber bevor ich zu meiner Tante nach Deutschland fuhr, war mir alles logisch erschienen. Ich sammelte Adelas Dokumente ein, das Zulassungsschreiben hatte sie zusammengeknüllt in eine Schublade geworfen. Warum Adela sich in Deutschland beworben hatte, weiß ich nicht. Auch Adela kannte unsere Tante nur aus Erzählungen, gewürzt mit schnippischen Kommentaren. An Deutschland musste etwas dran sein, wenn Adela sich dafür interessiert hatte. Ich beschloss, Deutschland schön zu finden. Adelas Identität und ich gingen nach Deutschland und wir wurden eins.

Ich hörte auf, die Sachen zu essen, die ich mochte, und aß das, was Adela essen würde. Für ihr Sonntagsfrühstück, Brot mit Rosinen und Nüssen, lief ich die ganze Stadt ab und backte letztendlich selbst einen harten Klumpen, vor dem Eno sich fürchtete. Ich entwickelte eine Hausstauballergie wie Adela, ich sprach einen Halbton höher. Ich trug braune Wollpullover, weil sie zu Adelas Teint gepasst hätten, und manchmal keinen BH, weil ihr das egal war. Meine Handschrift wurde immer feiner und gleichmäßiger, wie Adelas, ihr runder i-Punkt wollte mir noch nicht ganz gelingen. Dass aus mir Adela werden sollte, war eine Entwicklung, keine Entscheidung.

Monate vergingen, Rosinenbrotmonate, Wollpullimonate, Rote-Augen-Monate. Mehr schlecht als recht kam ich durchs Examen. Und immer noch hatte mich niemand entdeckt. Ich ließ jede Vorsicht fahren, korrigierte die Leute, wenn sie mich als Adela ansprachen, das sei nicht mein Name. Trotzdem kam niemand auf den Gedanken, dass das Mädchen, das den Securitys vor den Clubs so entschlossen einen Ausweis vor die Nase hielt, nicht dasjenige war, das auf den Papieren ernst und ebenmäßig verewigt war. Die Geschichte meiner Herkunft hatte ich so perfekt einstudiert, dass mir Ausrutscher über meine Schwester Adela als Versprecher ausgelegt wurden. Oder als etwas, was Spanier halt so machen, der gleiche Vorname für alle Kinder, wenn schon nicht Jesus. Von Adelas Lieblingsessen, Rosenkohl, wurde mir speiübel und in Braun sah ich aus wie tausend Jahre Winter. Wieso sah niemand, wie falsch ich war? Wieso bestrafte mich niemand? Bald verwuchs Adela mit mir, ein toter Zwilling. Ich stand im Supermarkt vor dem Marmeladenregal und meine Augen flackerten zwischen den Sorten hin und her. Mochte ich Erdbeer? Oder mochte Adela Erdbeer? Oder war ich etwa auf Erdbeeren allergisch? Und was war mit Himbeeren? Ich nahm das Erdbeermarmeladenglas in die Hand. Darauf abgebildet waren eine Wiese und eine pralle Beere. Ich schraubte den Deckel ab. Mein Zeigefinger versank ganz in Erdbeergelee und ich leckte ihn ab – aber wie? Genüsslich? Angeekelt? Nichts, keine Erinnerung. Das Glas stellte ich zurück und griff mir ein neues, Aprikose. Wieder stieß ich meinen Finger in den Fruchtsumpf, schob ihn in den Mund. Meiner Zunge war es einerlei. Eine Verkäuferin, in der Hand einen Karton »Äpfel aus Ihrer Region«, sah mich böse an und ging an mir vorbei. Ich stellte die Aprikosenmarmelade zurück.

Ich ging zum Dekanat und legte der Sekretärin meinen Ausweis auf den Tisch. Nachdem sie mein Gestammel entschlüsselt hatte, zerquetschten sich ihre Lippen und sie führte mich in das Büro des Dekans. Seine Nasenhaare zitterten in der Heizungsluft, während ich ihm genüsslich meine Lügengeschichte servierte. Bis ins kleinste Detail erklärte ich, wie ich geplant hatte, die Uni hinters Licht zu führen.

»Ja, und Ihre Schwester?«, fragte der Dekan ungläubig.

»Tot«, sagte ich und starrte ihn an.

Er senkte den Blick. Nun würde ich die wohlverdiente Strafe für meine Dreistigkeit erhalten. Ich merkte, wie meine Schultern sich entspannten, mein Gesicht schlaff wurde, meine Hände sich aus ihrer Verkrampfung lösten, was auch immer sie festgehalten hatten.

Der Dekan sah mich lange an und sagte schließlich: »Ich glaube, es ist im Interesse aller, wenn wir das Ganze nicht unnötig aufbauschen. Natürlich können Sie nicht weiter hier studieren …«

Ich nickte, das Büro des Dekans flackerte vor meinen Augen, verschwamm.

Er sagte: »Wir werden also Ihr Staatsexamen noch einmal prüfen«, er nickte vielsagend, »und sollten wir einen Formfehler feststellen, müssen wir Ihre Prüfungsleistung leider für ungültig erklären. In diesem Falle würden wir Sie bitten, die Universität zu verlassen …«

»Und dann?«, fragte ich begierig.

»Das wäre es von unserer Seite, natürlich möchten wir Sie um Diskretion bitten.«

Er schob mir Adelas Ausweis über den Tisch und brachte mich zur Tür.

In wen Luis sich wohl verliebt hatte? In die klägliche Imitation einer ungestümen Adela? Oder in die schlechte Schauspielerin in ihrem Kokon? Liebe oder Mitleid, ich musste es wissen. Es war wie im Dekanat. Die Eckpunkte der Wahrheit stotterte ich heraus, und Luis sah mich ruhig an. Er nahm meine Hand und wartete, bis ich geendet hatte. Er war verständnisvoll, kein bisschen verletzt. Er habe schon immer geahnt, dass da etwas sei, das mich beschäftigte. Er lächelte ermunternd. Er mochte mich so, wie ich war, sagte er. Ich mochte mich nicht und sorgte dafür, dass er mich auch nicht mehr mochte. Das war sehr nervenaufreibend und dauerte Wochen, in denen ich mich gegen seine ätzende Freundlichkeit wehren musste. Er schaffte die Stimmungsschwankungen, die Wutanfälle, das Weinen. Eine Zeit lang schaffte er sogar das Schweigen. Er schaffte Maria Adela, er schaffte Maria, aber zum Ende hin schaffte er nicht Nicht-Maria. Nur die Angst um Maria, die er in Nicht-Maria unter hundert Schichten noch zu entdecken meinte, hielt ihn. Die Schichten, die er Stück für Stück abnehmen wollte, wegkratzen, abreißen, wenn es sein musste, erstarrten und verknöcherten. Er verließ Nicht-Maria und für mich blieb der Hund.

52

Auf einmal war er wieder da. Erst als Punkt am Horizont, ein Sonnenfleck. Er wurde immer größer, während ich dasselbe Glas immer wieder spülte und gebannt nach draußen starrte. Ob er seinen Todesblick mitgebracht hatte, konnte ich nicht sehen.

Meine Mutter trat in die Küche und trällerte: »Schau, da kommt Mateu.«

Die Hände wieder in den sicheren Schaum des Spülwassers tauchend, nickte ich. Die Mateufigur, die jetzt fast so groß wie ein echter Mensch war, tanzte vor meinen Augen. Sein roter Schal verwehrte mir noch immer den Blick auf sein Gesicht. Sein neuer Gang war zielstrebig und brutal. Ich checkte die Notausgänge. Ein Hechtsprung aus dem Fenster würde mir nur einen kurzen Vorsprung verschaffen, bevor seine Polizistenbeine mich eingeholt hätten. Die Treppe rauf und im Zimmer einschließen. Willkommen zurück in der Pubertät. Ich schwankte von einem Bein aufs andere, bis meine Mutter fragte, ob ich aufs Klo müsse. Dankbar für die Ausrede zog ich die Hände aus dem Schaumberg und schlich nach oben ins Bad. Hier roch es fremd, fiel mir auf, das erste Mal, seit ich hier war. Ich setzte mich auf den Klodeckel und schloss die Augen, sog die Fremdheit ein. Irgendein Rasierwasser, das ich nicht kannte, biss sich mit dem Zitronenkloreiniger. Sofort dachte ich an den Basken und versuchte das Bild des schwarzen Hünen zu verdrängen, indem ich die Fasern des trollgrünen Badezimmerteppichs zählte. Ob meine Mutter auch manchmal hier saß und auf den Teppich starrte und kein Trollgrün sah, sondern Nachtaugen? Das Badezimmerschränkchen. Ich öffnete den einst so liebevoll bemalten Holzkasten, den mein Vater gemacht hatte. Er alterte mit meinen Eltern, für jede Falte ein Sprung im Lack. Hinter dem Türchen meines Vaters Deo, Wattestäbchen und das mir so fremde Rasierwasser. Hinter dem meiner Mutter ein Lippenstift, eine Gesichtscreme. Kein Schmuck.

Das Schlafzimmer meiner Eltern hatte ich schon lange nicht mehr betreten. Es war ein ungeschriebenes Gesetz, dass die Kinder dort nichts zu suchen hatten. Egal ob sie sieben oder siebenundzwanzig waren. Sie waren hier nicht willkommen, störten das Ökosystem, das sagte mir schon die kalte Wand, gegen die ich lief, die Fenster waren hier zu jeder Jahreszeit gekippt. Ich spürte die Kälte der Fliesen durch meine Socken und trat auf den Vorleger vor dem Bett. Die straffen Laken waren ein weiteres Warnsignal: Hier hatte ich nichts zu suchen. Auf welcher Seite schlief meine Mutter? Beide Bettseiten waren von Nachttischen flankiert. Da, auf dem linken lag ihre »Lesebrille«, ohne die sie quasi blind war. Der Nachttisch sah nicht so aus wie die Möbel, die mein Vater sonst machte. Ich fuhr über den glatten Rand und sah, dass etwas an der Seite wegstand, beklebtes Sperrholz. Ein Fremdkörper, gerade im Schlafzimmer. Die Schublade ging leicht auf, hier gab es keine Spuren der Abnutzung. Ein Buch, ein Brillenetui, eine Postkarte aus Frankreich von der Cousine meiner Mutter. Ein Holzkästchen, so groß wie meine Hand. Der Verschluss schnappte auf und hallte in der Stille des Schlafzimmers nach wie ein Schuss. Die Perlenohrringe meiner Mutter lagen vor mir, auf ein Wattekissen gebettet. Ich schloss das Kästchen wieder und hob das Buch an. Darunter ein schmales Etui, in dem die beiden Armbänder meiner Mutter ineinander verschlungen waren. Sorgfältig tastete ich die Schublade ab, nichts weiter. Kein doppelter Boden. Seufzend richtete ich mich auf. Sollte ich es wagen, mich aufs Bett zu setzen?

Ich sah mich weiter in dem kargen Raum um. Der Kleiderschrank stand halb offen, ein fleckiger Spiegel warf mein verzerrtes Bild zurück. Mein Blick fiel auf das Nachtkästchen meines Vaters. Die Härchen auf meinen Armen richteten sich auf, denn die Privatsphäre meines Vaters war weit geheimnisvoller als die meiner Mutter. Ein Teil in mir wollte schnell fliehen, der andere gewann, ich trat zum Nachtkästchen. Darauf stand eine Lampe mit modrig-grünem Schirm. Ich zog die Schublade auf. Und sah in mein eigenes schwarz-weißes Gesicht, oder war das Adela, da auf dem vergilbten Foto? Ein molliges Baby grinste, die eine Hand fast im Mund verschwunden, in die Kamera. Ich, als Zweijährige, oder Adela, auf dem Schoß unserer Mutter. War das Adelas Nase oder meine? Schwer zu sagen, ich drehte das Bild um und stutzte. Auf der Rückseite die Jahreszahl. Noch einmal betrachtete ich das glückliche Baby, das so strahlte, dass das Bild fast farbig erschien. Es waren weder Adela noch ich, es war Irene. Ein paar Sekunden verschwammen die weichen Züge des Kindes vor meinen Augen, dann flatterte das Foto zurück ins Nachtkästchen.

Ich schlich nach unten, hörte meine Mutter in der Küche lachen, setzte ebenfalls ein Lächeln auf und trat ein. Mateu entschied sich spontan für den Todesblick, ich störte. Gerade hatte er noch mit meiner Mutter gescherzt, ihre Wangen waren gerötet. Oder lag das am *Licor de Café*, bei dem sie nicht aufhören konnte? Sie winkte mich zu sich an den Tisch, auch ich sollte ein Gläschen trinken. Mateu schoss hoch.

»Ich muss los«, murmelte er, lächelte meine Mutter an und stürmte an mir vorbei.

Mit hängenden Schultern blieb ich zurück und würde vermutlich immer noch so in der Küche stehen, wenn ich meine Mutter nicht angesehen hätte. In ihren kleinen Händen drehte sie das Likörgläschen und sie selbst war gerade kleiner geworden. Der Stuhl würde ihr bald zu hoch werden und in kurzer Zeit müsste sie von Puppengeschirr essen, immer nur ein paar Erbsen. Ein Seufzer entfuhr der Brust dieser kleinen Frau, kein vorwurfsvoller, kein genervter, sondern ein trauriger. Die Haustür knallte, und ich rannte los.

»Jetzt warte doch«, rief ich Mateus Rücken zu.

Er blieb sofort stehen und fuhr herum. Ich schreckte zurück, der Novemberwind und Mateus Blick trafen mich gleichzeitig.

»Was?«, fauchte er.

Die Worte wollten nicht kommen. Mateu bemerkte, wie ich mich quälte, und seine zornzerfurchte Stirn wurde glatter. Gerne hätte ich jetzt etwas Bedeutendes gesagt. Der Himmel würde aufreißen und ein einziger Lichtstrahl mich erleuchten. Oder ich könnte weinen, Tränen groß und schön wie Perlen. Und Mateu würde mich in den Arm nehmen. Mit halb offenem Mund sah ich ihn an und suchte nach Worten. Seine Stirn war nur noch leicht gewellt.

»Du hättest mir schreiben können«, sagte ich.

Er lächelte nicht. Aber irgendwie sah er erleichtert aus.

53

Unter der Woche um vier, am Wochenende morgens. Das waren Mateus und Adelas heimliche Treffen an der Eiche. Zum Ende hin stand Mateu allein dort. Ob er sich erst lässig an den Stamm lehnte und dann seine Haare richtete, damit Adela, die ihm entgegenliefe, ihn als Vision in Nebel und Sonne wahrnahm? Oder setzte er sich auf den abgetretenen Kranz um den Stamm und zählte die Ameisen, sah erst auf, wenn Adelas kühle Hand in seinem Nacken lag? Adela kam nicht mehr und als sie dann doch kam, sah sie Mateu überrascht an, als sei dies nicht ihr magischer Ort, als sei er ein Tier, das zufällig um die Eiche schlich. Sie erkannte ihn nicht. Sie sah ihn an und brauchte ein paar Sekunden, bis sie verstand, wer er war und wer sie für ihn war. Mateu wollte sie anschreien, sie zurückholen, zurückschütteln an ihren Platz. Sie legte den Kopf schief und setzte sich neben ihn.

»Und?«, sagte er nach einer Weile.

Sie legte ihren Kopf an seine Schulter und sagte nichts. Vielleicht hoffte sie, dass ihre Gedanken aus dem Kopf sickern würden und er daraus Antworten filtern könnte.

»Ist es wegen mir?«, fragte er, und ich glaube, seine Stimme zitterte.

Sie setzte sich auf und strahlte ihn an, und ich glaube, sie zitterte auch. Mateu fragte sich, was er ihr sagen konnte, damit alles wieder gut werden würde.

»Wir sollten weggehen von hier«, sagte Adela.

Mateu drehte sich zu ihr und sah ihr forschend ins Gesicht. Probehalber nickte er langsam. Ihre Augen sprühten Funken.

»Weit weg!«

»Nach Mexiko?«, fragte Mateu im Scherz.

Böse starrte sie ihn an, richtig böse, wie etwas Klebriges, das man tagelang nicht von den Schuhen bekommen hat.

»He, ich habs nicht so gemeint«, sagte Mateu, und ihr Körper entspannte sich neben ihm. »Wohin denn weg?«, fragte er.

»Weit weg, egal wohin«, sagte Adela. »Du musst mitkommen!« Sie packte seinen Arm. »Wir können nach Deutschland, ich hab dort Verwandte. Oder nach England, die alten Schlösser erkunden, oder Italien, ganz egal!«

Er blieb ganz still. Na, Mateu, rechts oder links, vor oder zurück, den Weg alleine weitergehen oder den Abhang gemeinsam hinab. Mit ihrem wirren Haar, durch das die Sonne von hinten schien, sah sie aus wie in Flammen stehend.

»Ja«, sagte Mateu, und als sie ihn küsste, dachte er wirklich kurz, es würde alles gut werden.

Er nahm ihr Gesicht in die Hände und schob sie mit sanfter Kraft von sich. Sie suchte sein Gesicht ab, strahlte.

»Triffst du mich morgen wieder?«, fragte er, weil er ihre echte, grundlose Freude nicht ertragen konnte.

Sie küsste ihn auf die Stirn und rannte davon, warf ihm Hände voll gefährlicher Luftküsse zu.

54

In allen Kulturen gibt es dieselben Albtraummotive. Die Menschen fallen, fliehen, verlieren ihre Zähne im Schlaf.

In meinen schlimmsten Träumen weiß ich nicht, wo ich bin. Aber nicht so, wie wenn man in einem fremden Haus schläft und sich nachts wundert, warum der Lichtschalter auf der falschen Seite ist und wo es ins Badezimmer geht. In meinen Albträumen gibt es kein Oben oder Unten, ich weiß nicht, wohin mit meinen Gliedmaßen, ein falscher Schritt und ich stürze ins Leere. Ich taste nach Wänden, nach einem Boden, einer Decke, aber nur vorsichtig, ich darf nicht ins Wanken geraten. So verharre ich möglichst regungslos, stundenlang, und am nächsten Morgen bin ich verspannt und mein Kopf brummt.

Ich wünsche mir so einen Albtraum für die Nacht, in der Adela starb. Einen grauenhaften, der den ganzen Tag nachhallt und nach dem einem so speiübel ist, dass man nicht aufstehen kann. Mehr noch, ich will die schlimmsten Albträume, alle auf einmal. Ich will fallen, fliehen, Zähne verlieren. Hätte ich damals nur nicht weich gebettet selig geschlafen, mit Mateus Kuss noch auf den Lippen, sondern:

Der Sand wirkt zum Hineinsinken weich, aber zieht man die Schuhe aus, frisst er sich zwischen die Zehen. Adela steht an der Küste und lässt ihre Haare vom Wind davontragen. Es ist November. Regen peitscht ihr aus jeder Richtung entgegen. Ihr Blick wandert aufs Meer, heute fast schwarz, sucht dann das Felsengebiss ab. Zwischen den Wellen schaukelt ein Boot. Es spuckt zwei schwarze, glitschige Körper aus, Adela und den Basken. Der Baske kommt Adela sehr nahe, sie kann den Wein in seinem Atem riechen.

»Adela«, sagt er, »Adela.«

Er versucht Adela etwas ins Ohr zu flüstern oder sie auf seinen Schoß zu ziehen. Sie windet sich aus seinem Griff, und unser Vater lacht. Unsere Mutter legt ihr die Hand auf die Schulter: »Das ist mein Hinweis«, sagt sie und lächelt glückselig. Adela reißt sich los und läuft fort in den Nebel.

Vielleicht ist das Wachbleiben aber noch schlimmer als der schlimmste aller Albträume. Ich beneide meine Mutter darum, dass sie sich in jener Nacht unruhig im Bett hin und her wälzte, schweißnass mit den Laken kämpfte und sich die Hände auf die Ohren presste, um das Schnarchen meines Vaters nicht zu hören. Sie musste nicht erst träumen, um den Basken vor sich zu sehen.

Wie der Baske sie mit Drachenfeuer in den Augen ansieht. Wie sie seinen Atem auf dem Gesicht spüren kann und er es noch einmal sagt: »Irene«, sagte er, »Irene.« Seine warmen, feuchten Hände. Der Baske, wie er ihr Perlenohrringe anlegt und seine Finger dann zu ihrem Schlüsselbein klettern. Der Träger ihres Kleides gibt von allein nach. Adelas vorwurfsvoller Blick, Marias Mund eine Linie, als sie sich auf das Bett sinken lassen. Aber da ist ja schon Iago.

Um nichts in der Welt hätte ich aber mit Mateu tauschen mögen. Seine Gedanken hielten ihn bis zum Morgen wach und konnten einen ersticken, wenn man sich nicht tief genug in die Daunen verkroch:

Was wäre wenn?
Und was wäre wenn?
Und was wäre wenn?
Und was wäre wenn?

Vielleicht hörte deswegen niemand Adela das Haus verlassen. Niemand hörte, wie sie ihre Zimmertür leise schloss. Ich war nicht da, mein traumloser Schlaf war zu tief. Niemand hörte sie über den kalten Fliesenboden tappen. Meine Mutter war nicht da, sie dachte an den Basken und an ihren Mann und der vergangene Abend hallte nach. Adela sah sich noch einmal um, die Haustür fiel ins Schloss. Mateu war nicht da, er war zu Hause und dachte, was wäre wenn und was wäre wenn und was wäre wenn und was wäre wenn. Er dachte es die ganze Nacht, auch morgens, er kam nicht zur Eiche. War Adela dort, bevor sie für immer fortging? Stand sie unter der Eiche, wo sie immer stand, und wartete auf Mateu? Und wann wandte sie sich ab von der Eiche und ging in Richtung Meer davon?

55

Wir fuhren zum Strand. Aber das Meer war schon stahlgrau vor Kälte, wir konnten nicht mehr baden. Das Schweigen war wieder da, es fuhr auf dem Gepäckträger mit und setzte sich zwischen uns auf die Felsen, es sah uns mahnend an, wenn wir Anstalten machten, den Mund aufzumachen. Aber es war nachsichtiger als früher und drückte uns nicht die Kehle zusammen, wenn wir uns räusperten. Wir sprachen nicht, wir hätten aber nicht mehr an verschiedenen Orten schweigen können. Es war wichtig, dass wir es so nah nebeneinander taten, dass sich unsere Ellbogen fast berührten.

Vielleicht war es das, was man im Allgemeinen als zu sich kommen und sich finden bezeichnet. Ich hatte das nie ausprobiert, weil ich mir ziemlich sicher war, dass ich etwas finden würde, was mir nicht gefiel. Aber alles in allem fühlte sich diese stumme Resignation so an wie das Meer im Herbst. Es war nicht überwältigend, nicht schön, es war keine ungeahnte Erkenntnis, es war verlässlich. Welle für Welle sschwappte an den Strand, ein immer gleicher Rhythmus. Ich lernte ein paar Dinge über mich selbst. Dass ich zwei Stunden lang unverändert sitzen konnte, ohne dass meine Beine einschliefen, zum Beispiel. Dass ich Grau mochte. Dass mein Atem schneller ging als der von Mateu.

Irgendwann fand ich die Kraft, die ich brauchte, meine Finger ungeschickt auf Mateus Schulter zu platzieren. Da fing er an zu reden.

Sein Gesicht war zu Asche geworden und man durfte ihn nur

vorsichtig anfassen, damit er nicht zerbröselte. Er starrte auf die Felswand, sie war ihm Leinwand für das Standbild von Adela unter der Eiche. Nur hier an unserem Strand konnte er reden, in der neutralen Zone, wo das, was wir sagten, sofort vom Meer verschluckt würde. Mateu vergrub das Gesicht in den Händen, aber er schob mich nicht weg.

Ich wollte ihm einen Spaziergang zu Adelas Grab vorschlagen, wo wir dann unsere Hände fassen und erlöst sein würden. Ich wollte sagen, dass es nicht unsere Schuld war, zumindest nicht seine. Ich wollte ihm sagen, dass es Gottes Wille war, oder – da Mateu nicht an Gott glaubte – der Wille von irgendjemandem, der klüger als wir war. Dass es ein Sonderfall war, *Lusco-Fusco*. Aber da war nichts zu machen. Wir beide wussten es besser. Wir wussten, dass Adela nicht verreisen wollte. Dass sie ihre Pläne verworfen, Zulassungsschreiben zerknüllt, Mateu weggestoßen hatte. Fliehende kann man nicht aufhalten, das wussten wir. Wir beide wussten das schon.

»Hast du das meiner Mutter erzählt? Dass sie verreisen wollte, meine ich?«, fragte ich, und er schüttelte den Kopf.

56

Ich denke oft an früher.

Aber ich muss gehen, mehr erfahren, anderes sehen, bis ich wiederkommen kann.

Den Eltern kann ich es nicht sagen, die machen sich sonst Sorgen. Vielleicht kann ich nach Deutschland, mal sehen.

»An den i-Punkten kannst du noch arbeiten«, sagte Mateu.

57

Ich spiele ein letztes Mal Lügentag:

Die Todesnachricht traf mich wie ein Schlag. Ich las die Worte immer wieder, ohne sie zu verstehen. Zum Glückwusste mein Körper genau, was zu tun war. Er wackelte marionettengleich nach unten und teilte meiner Mutter das Geschehen mit. Sie umarmte mich sanft und legte meinen Kopf an ihre Schulter. Der Duft ihrer Schürze verwirrte mich, ich richtete mich auf und blinzelte sie durch einen Tränenschleier an. Dass mich der Tod des Hundes so treffen würde, hatte ich nicht erwartet. Sie legte mir ihre Hand an die Wange und nickte, sie verstand, dass ich gehen musste.

Oben begann ich zu packen. Ich ließ ein paar Sachen hier, die ich mitgebracht hatte. Ein schweres Paar Schuhe, eine Tagebuchseite, auf der die Tinte noch trocknete, ein Sommerkleid, das ich dort, wohin ich zurückkehrte, nicht mehr brauchte. Dafür nahm ich ein paar neue Dinge mit: Adelas Kaugummidose, ich wickelte sie in ein Paar Socken ein, damit sie den Flug gut überstand. Mateus Schal, der bei seinem letzten Besuch liegen geblieben war. Wir hatten lange gesessen, gestern. Mateu hatte etwas gebraucht, um in Fahrt zu kommen, dann hatte er eine Geschichte über Adela erzählt. Eine Geschichte, in der Adela schön und klug und ungestüm war und er, Mateu, zu schwach, um mit ihr mitzuhalten. In der Geschichte gab es einen Höhepunkt, als Adela ihm eröffnete, sie wolle in Deutschland studieren, und ein trauriges Ende, weil ihr ungestümes Wesen dazu führte, dass sie sich im Nebel verirrte. Ich kam in der Geschichte nicht vor. Mateu hatte meine Hand unter dem Tisch ergriffen, als wir die Reaktion meiner Mutter abwarteten. Auf ihrem Gesicht spielten sich in Sekunden Dramen ab, zum Schluss weinte sie. Sie wollte es glauben. Oder wollte sie, dass wir glaubten, dass sie es glaubte? Mein Vater hatte ihre Hand genommen und den Kopf gesenkt, vergoss er etwa auch ein paar Tränen? Ich sah weg. Beschämt war die Runde auseinandergebrochen.

Ich stopfte Mateus Schal in die Tiefen meiner Tasche, mein Vater kam herein, als ich gerade mein letztes T-Shirt hinterherstopfen wollte. Seine Anwesenheit war greifbar, bevor ich ihn gesehen hatte. In Zeitlupe wandte ich mich zu ihm um.

Ich faltete das letzte T-Shirt noch ein drittes Mal, strich es mit bebenden Händen glatt. Da löste er sich vom Türrahmen und trat auf mich zu. Mein Vater zog mich an sich, drückte mich kurz, ließ von mir ab, als hätte er sich verbrannt, und murmelte »Bis bald«. Zitternd schob ich das Shirt in die Tasche, er trampelte die Treppe hinunter. Ich warf mir die Tasche über und folgte ihm. Meine Eltern warteten unten auf mich, blickten zu mir herauf. Die Umarmung meines Vaters brannte nach, noch länger als die vielen Küsse meiner Mutter, die erst von mir abließ, als er ihre Hand nahm und sie an seine Seite zog. Wir gingen nach draußen. Ich schulterte mein Gepäck und lächelte dem Haus noch einmal zu. Schnell ging ich los, der Abschied musste nicht noch länger sein, ich hatte alles, was ich brauchte. Und doch, am Ende des Wegs, kurz vor der Biegung, gab ich der Versuchung nach und sah mich um. In der Ferne konnte ich zwei Gestalten erahnen, die sich fest an den Händen hielten.